청춘의
낙서들

막다른 골목에서
하늘이 노래질 때

괜찮다,
힘이 되는 낙서들

청춘의
낙서들

도인호 지음

앨리스

청춘, 낙서의 고백

낙서책을 펴내며

그래, 낙서 수집이란 과연 잉여 짓일까?

나는 낙서를 수집하는 사람이다. 특히 서울의 낙서를 모으고, 그것을 D:드라이브에 차곡차곡 정리하여 뿌듯함을 느끼며, 가끔은 그 낙서들에 관해 글을 쓰는 사람이다. 그러니까 삼성의 이건희는 슈퍼카를 수집하는 것이 취미라 하고 그의 아내는 세계의 파인아트를 모으는 것이 취미라지만, 나는 낙서 수집을 취미로 삼고 있는 것이다. 취미 혹은 취향이란 언제나 각자의 상황에 맞게 가지기 마련이다.

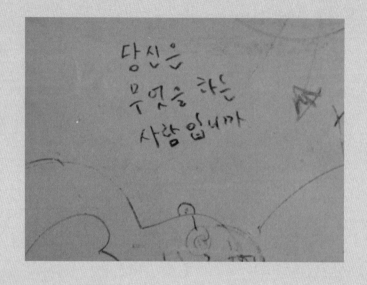

당신은 **무엇**을 하는 사람입니까

마포구 서교동 독막로 7길 GS 25시, 2012

그러다가 우연히 『월간 잉여』라는 재기발랄한 잡지를 발견했을 때 '어머, 여기엔 글을 써야 해!'라고 생각했다. '잉여'라는 웃픈 단어에 스스로가 가까이 있다고 느끼는 사람들(아마도 이 잡지의 열렬한 구독자들)에게 나의 잉여스러운 작업을 공유하고 싶다는 생각이 들었기 때문이다. 그리고 그들에게서 친근한 공감과 따뜻한 위안을 얻을 수 있을 것이라는 얄팍한 예감이 들기도 했다.

이러한 뜻을 '잉집장'이라고 불리는 그 잡지의 편집장에게 수줍게 전했더니, 그녀는 "낙서는 무엇이며 왜 낙서를 수집하는지, 그것이 왜 잉여 짓이며 잉여 짓임에도 불구하고 하는 이유는 무엇인지?"라는 몹시 터프한 질문을 하면서 대답이 될 만한 글을 써달라고 정중히 부탁했다. 누구에게도 그런 질문을 받아보지 못했으며 스스로도 전혀 생각해본 적이 없었기 때문에 당황스러웠지만, 한편으로는 무척 반가운 마음이 들었다. 관심 받는 기분이었다.

며칠간 찬찬히 고민해보았는데, 내가 낙서를 수집하게 된 두 가지 큰 계기와 그것에 회의를 느꼈던 한 가지 사건에 대해서 이야기해보면 어떨까 싶었다. 만족할 만한 대답이 될지는 모르겠으나, 어딘가에서 낙서 수집과 비슷하게 잉여스러운 작업을 하고 있을 청춘 잉여들에게 도움이 되는 글이었으면 좋겠다는 마음이었다.

그리하여 여기 '낙서를 모아놓은 책' 서두에, 그 당시 열심히 적어 보냈던 글을 소개하고자 한다. 내가 무엇을 하는 사람인지, 왜 낙서 따

위를 모으는지, 또 그게 도대체 어떤 의미가 있는지 궁금한 사람들에겐
아마도 괜찮은 안내문이 될 수 있을 것이다.

과감해진 그녀들♡
060 701 7000

길동역 남자 화장실, 2011

계기 1 : 우리의 시대

첫 번째 계기는 뜻하지 않게 찾아왔다. 때는 2006년 군 입대를 앞 둔 여름이었고, 나는 삶의 의욕을 상실한 채 잠실역 화장실(양변기가 설 치된) 두 번째 칸에서 볼일을 해결하고 있었다. 볼일이라고는 그 정도밖 에 없었던 비루한 청춘이었다. 그러나 그마저도 여의치 않아 낑낑대고 있는데, 눈앞에 화려한 음담패설이 가득한 '화장실 낙서'들이 눈에 띄 었다. 야한 낙서들을 접해본 적은 많았지만, 그처럼 어마어마한 욕정이 배설된 낙서를 본 것은 그날이 처음이었다. 나는 크게 충격 받았지만, 이내 매혹되어 장시간 그 낙서들을 탐닉하고 말았다.

그러곤 곧바로 입대를 하여 포상 휴가를 받기 위해 전국노래자랑 에 나가기도 하고, 그렇게 얻은 휴가에서 여자친구에게 차이기도 하는 등 빤한 군복무를 마친 2008년, 나는 또 잠실역 화장실 두 번째 칸에서 볼일을 보고 있었다. 2년 전 경험했던 강렬한 낙서의 추억이 나를 두 번 째 칸으로 인도했던 것이다. 나를 경악게 했던 낙서들은 지워졌지만 그 대신 또 다른 충격적인 낙서들이 그곳에 새롭게 채워져 있었다. 그것은 게이들의 이야기였다. 누군가가 '파트너'를 찾는다며 자신의 휴대폰 번 호를 적어놓았고, 또 다른 누군가가 '게이들의 사랑법'에 대하여 자세 히 댓글을 단 것이었다. 흥미로운 것은 그 두 개의 낙서를 중심으로 게 이 문화에 대한 활발한 '낙서 토론'이 이어진 점이었다. 대부분 원색적 인 조롱에 가까운 것이었지만 "지들이 좋아서 한다는데 니들이 뭔 상관이냐"라는 식의 미미한 지지의 글도 볼 수 있었다.

그 소모전을 바라보자 문득, 낙서가 시대를 반영한다는 생각이 들었다. 2006년의 대한민국 사회보다는 2008년이 성적 소수자에 대한 담론을 더 많이 이끌어내고 있었고, 잠실역 화장실 두 번째 칸의 낙서들이 그것을 방증한다고 생각했기 때문이다. 지나친 비약이라고 생각할지 모르겠지만, 지난 서울시장 보궐선거와 18대 대선을 겪으면서 나는 어쩐지 확신을 얻게 되었다. 나경원의 딸과 박원순의 아들. 안철수와 strong man's daughter에 관한 금기 없는 낙서들을 보면서 정말로 그렇게 생각하게 되었다. 물론 그 낙서들이 선거에서 민심의 지표로 활용되지는 않았고 쓸모없는 정치 잡담으로 치부되었을 뿐이지만, 한편으로는 그것이 이 시대의 합리적인 분류법이 될 수도 있다고 생각한다.

계기 2. 도시의 뉘앙스

두 번째 계기는 잠실역 화장실 사건과 연달아 발생했는데, 집 앞 중학교 벽에 쓰인 낙서에서 특별한 감성을 느낀 것이 발단이었다. 그것은 '요상하다'라는 형용사와 '형'이라는 명사가 합쳐져서 묘한 느낌을 주는 글귀에, 초록색 스프레이가 뿌려져 있어 마치 외계인이나 해파리를 연상시키는 낙서였다. 처음에는 '참 요상한 낙서네'라고 생각했지만 그 낙서를 자주 만나게 될수록 나는 그 '형'과 친해지게 되었다. 버겁게 하루를 마치고 집으로 돌아가는 길에는 항상 형이 있었고, 그를 볼 때

요상한 형

송파구 가락 2동 139번지 송파중학교 담벼락, 2009

마다 고향이 주는 따듯하고 친근한 인상을 받았기 때문이다.

그러나 2009년의 초봄, 그 요상한 형은 실종되었다. 형이 살던 그 중학교는 새 학기를 맞아 '거리 환경 미화'를 실시했고, 그가 있던 익숙한 자리는 골인 지점을 통과하는 마라톤 선수의 모습으로 덮였기 때문이다. 형이 사라진 담벼락을 보고 있노라니 무척 서운했지만 그는 다시 돌아오지 않았다. 나는 그저 얄미운 마라톤 선수를 하염없이 째려보기만 했다. 결국 낙서란 언제든지 사라질 수 있는 것이었다.

형의 실종은 내가 낙서를 수집하는 결정적인 계기가 되었다. 그 사건 이후로 나에게는 길을 걸을 때마다 '제2의 요상한 형'을 찾아보는 버릇이 생겼고, 그것들이 사라질 때를 대비해 사진을 찍기 시작했다. 보통 이태원 뒷골목의 쾨쾨한 술집이나, 홍대의 매끈한 클럽 등에서 청춘을 소비했으므로 수집한 사진들의 중심 무대는 서울의 이곳저곳이었다. 그렇게 하나둘 D:드라이브에 낙서들이 쌓여가면서 어느새 나는 낙서 수집이 취미인 사람이 되어 있었다.

개인적인 감상이지만 '제2의 요상한 형'들에게는 한 가지 희미한 공통점 있었는데, 바로 낙서가 있는 주변 환경의 뉘앙스를 담아내고 있다는 것이었다. 홍대의 거리 낙서에는 치기 어린 젊음의 냄새가, 인사동 쌈지길의 담벼락 낙서에는 수줍은 사랑의 설렘이, 어느 대학이든 도서관 낙서에는 취업의 압박감이 배어 있었다. 그리하여 나는 낙서 수집이라는 것이 서울의 지리멸렬한 뉘앙스를 포착하는 굉장한 작업이 될 수 있겠다고 생각했다. 흥분된 마음으로 이 위대한 계획에 대해 엄마에게 고백했을 때, 엄마는 조금은 걱정스러운 눈빛과 조금은 미안한 웃음을 띠며 삼성에 취직했다는 당신의 친구 아들 이야기를 들려주셨다.

회의 1. 하지만 나는.

마지막 사건은, 대학의 마지막 학기를 맞이했던 2012년의 겨울에 일어났다. 나는 하던 사업을 정리하고 '서울의 낙서'라는 블로그를 개설해 낙서에 관한 글을 쓰기 시작했다. 모아놓은 돈이 별로 없으니 취직 준비를 하는 것이 일반적이었겠으나 젊다는 것의 특권이 아주 조금이라도 남아 있을 때, 이것을 가지고 뭐라도 해보고 싶었다. 낙서를 찍으러 다니는 날과 포스팅 하는 날을 정해 꾸준히 블로그를 운영했고, 운이 좋아서 네이버 메인화면에 노출되기도 하고 좋아하던 잡지에 내 글이 실리기도 했다.

그렇게 블로거로서 하루하루를 충만하게 보내던 어느 날, 1971년에 지어진 '특정관리대상 E급 시설'(언제 무너져도 이상하지 않다는 뜻이다)인 금화 시범아파트에 가게 되었다. 아주 오래된 아파트라면 세월의 흔적을 간직한 낙서들이 많을 것이라는 단순한 생각 때문이었다. 예상대로 아주 좋은 낙서들을 수집할 수 있었지만, 아무도 살지 않는 그 을씨년스러운 아파트에서 나는 이제껏 겪어보지 못했던 공포를 경험하고 있었다. 계단을 오를 때마다 아파트가 심하게 흔들려서 이곳이 곧 무너

왜?

서대문구 냉천동 독립문로 8길 금화 시범아파트 3동, 2012

질지도 모른다는 상상을 하게 됐고 갈 곳 없는 만취 노숙자가 나타나 해코지를 할 수도 있다는 불안이 영혼을 잠식하고 있었기 때문이다.

스멀스멀 올라오는 공포를 꾹꾹 누르며 30분 정도 낙서를 수집하고 비로소 1층으로 내려오는데 갑자기 어떤 검은색 물체가 내 앞으로 튀어나왔다. 나는 그야말로 까무러치며 그 자리에 주저앉았다. '악' 소리도 내지 못할 만큼 참기 힘든 공포였다. 그러나 그 검은색 물체라는 것이 결국 작은 길고양이였으니 누군가 나를 봤다면 몹시 재밌는 볼거리였으리라. 정신을 차리고 일어나려 했지만 다리에 힘이 들어가지 않았다. 해가 뉘엿뉘엿 넘어가는데 나는 계속 냉천동의 허름한 아파트에 앉아 있었다. 나는 여기서 도무지 뭘 하고 있는 걸까. 스스로의 청춘이 비참하게 느껴졌다.

이 책은 '낙서 수집이란 잉여 짓일까'라는 질문에서 시작되었다. 그래, 낙서 수집이란 과연 잉여 짓일까. 자본주의 사회에서 잉여를 구분하는 기준이 '이윤 창출'이라면 낙서 수집이라는 것은 확실히 잉여 노동이라고 할 수 있을 것이다. 실제로 블로그를 운영하며 창출해내는 광고 수익이라는 것이 하루 평균 고작 360원 정도에 불과하기 때문이다. 그러니 누군가가 자본의 논리로 나의 수집을 조롱한다면 나는 전혀 할 말이 없으며, 심지어 나 자신조차도 또 다른 누군가에게 잉여스러운 취미라며 낙서 수집을 소개하게 되는 것이다.

그러나 한편으로는 몹시 억울한 심정이 드는 것도 사실이다. 위에서 구구절절 이야기했듯이 나에게 낙서 수집이란 특별한 가치와 의미가 있는 작업이기 때문이다. 이윤 창출이라는 고고한 기준으로 낙서 수집을 '특별함' 대신 '잉여스러움'이라고 여기는 것은 꽤 괴로운 일이다. 하지만 나는 냉천동 사건 이후에 온라인 토익 강좌를 신청했으며 괴롭지만 열심히 수강하고 있다는 사실을 고백하고 싶다. 또한 그럼에도 불구하고, 동네 공원에 산책 갔다가 발견한 'LOVE YOUR SELF'라는 낙서 앞에서 한참을 서 있었다는 것도 이야기해야겠다. 그러고는 사진을 잘 찍을 수 있도록 자세를 잡았고 찍은 사진은 D:드라이브에 소중히 백업해놓았다. 불현듯 또 억울한 기분이 찾아왔지만.

그래, 낙서 수집이란 과연 잉여 짓일까.

LOVE

YOUR

SELF

네   자신을   사 랑 하 라

송파구 오금동 51 오금공원, 2012

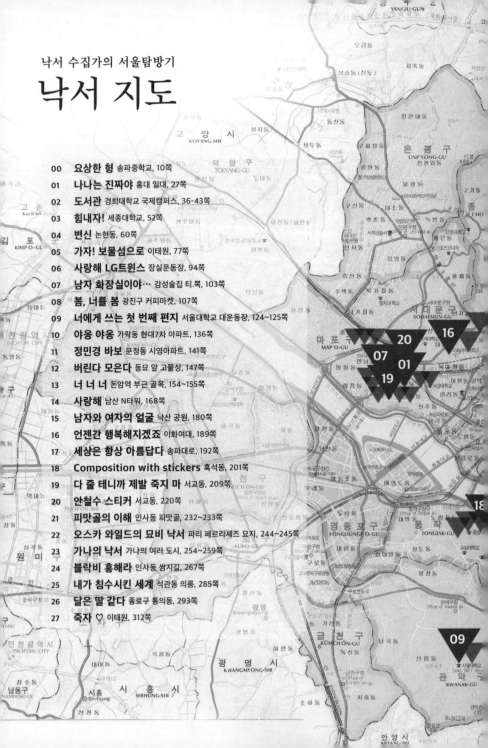

낙서 수집가의 서울탐방기

낙서 지도

차례

파랑새를
찾습니다.

나나는 진짜야
도서관에서 낙서하는 청춘들
"힘내세요" 한마디

나 나 는 진 짜 야

당신이 진짜라면 나는 가짜일까?

클럽 안에선 서교그룹사운드의 공연이 한창이었다. 필요 이상으로 흥
분하여 머리를 흔들어 젖히던 나는 갑자기 산소 부족을 느껴 밖으로 나
왔다. 쿵쿵 울리는 앰프 소리, 쓸데없이 들뜬 사람들의 말소리, 택시의
경적 등이 시끌벅적하게 서교동의 밤거리를 가득 채우고 있었다. 나는
적당한 곳을 찾아 아무렇게나 앉았다. 초여름 새벽의 신선한 공기를 맡
으니, 과한 알코올과 니코틴 탓에 지끈거리던 머리가 맑아지면서 기분
이 좋아졌다. 그렇게 한참을 앉아 있는데 익숙한 그라피티가 눈에 띄었
다. 또. 또, 나나였다.

나나는 진짜야

마포구 서교동 358-72, 2012

나나 시리즈

모두 홍대 부근, 2011~2013

'나나는 진짜야'로 대표되는 앞의 그라피티 시리즈는, '난아'라는 이름을 가진 스트리트 아티스트의 거리예술이라고 한다상상마당 상상 리포터 이기혁 씨 인터뷰에서 발췌. 이 작품들은 홍대나 신사동, 이태원 등 서울의 핫플레이스에 넓게 분포되어, 걸어 다닐 때 주위가 산만한 사람이라면 한 번쯤 본 일이 있을 것이다. 사실 '난아' 외에도 시리즈로 작업을 하는 스트리트 아티스트들은 몇몇 더 있다. 예를 들면 'ZACPOT' 'UNIQUE' 등의 글귀를 반복해 남기는 이들도 있고, 비상구 픽토그램을 조금 변형하여 만든 캐릭터를 서울의 이곳저곳에 그리고 다니는 이도 있다. 역시 주위가 산만하다면 쉽게 발견할 수 있는 것들이다. 하지만 나는 이 그라피티들을 모으진 않는다. 이들은 '낙서'를 하는 게 아니라 '예술'을 하고 있다고 생각하므로, 낙서 수집가인 나로서는 수집할 이유가 없는 것이다.

하지만 나는 나나 시리즈만은 꾸준히 찍어왔다. 자신이 '진짜'라는 그녀의 작품들을 보고 있노라면, 나의 오래된 인간 분류법을 생각하게 되기 때문이다. 사실 나에게는 사람을 분류하는 아주 주요한 기준이 있는데, 그것은 진짜와 가짜에 관한 것이다. 사람을 볼 때 나는 '오, 이 사람은 진짜다!' '아, 이 사람은 가짜네'라며 판단을 하게 된다. 자칫 오만해 보이는 이 분류법은 때때로 매우 유용한데, 나만의 까다로운 기준에 따라 한 번 '진짜'로 여기면 그다음부터는 그 사람이 무엇을 하든지 믿고 기다리기만 하면 되는 것이다. '진짜' 배우 전도연의 영화는 믿고 봐도 되고, '진짜' 맛집 사모님 돈가스는 언제 먹어도 맛있다. 가끔 실망할 수도 있지만 믿고 기다리면 반드시 만족시켜준다.

하지만 이 분류법이 때로는 나를 참을 수 없이 괴롭히곤 한다. 오만하게 '너는 가짜', '너도 가짜'라며 사람을 판단하고 나면 필연적으로 '그렇다면 나는 진짜일까'라는 생각이 들기 때문이다. 말뿐인 사람이라고 치부했던 저 가짜 사업가처럼 나도 허상뿐인 사람이 아닐까, 실제로는 영혼 없이 산다고 폄하한 그 가짜 여행가보다 내가 훨씬 못한 삶을 살고 있는 것이 아닐까, 그러니까 나야말로 진짜 '가짜 사람'이 아닌가, 하며 불안해지는 것이다. 따라서 서울의 이곳저곳에 '나는 진짜'라며 패기 있게 외치는 난아의 작품을 보고 있노라면, 아마도 죽을 때까지 나를 따라다닐 이 불안에 대해서 생각하게 되고, 이내 난아의 자신감이 부러워져 나 스스로의 기준을 무시하고 사진기에 담아버리는 것이다.

그래서 가끔은 나나가 꼴 보기도 싫을 때가 있다. 나는 영혼 없이 몸이나 흔들며 진탕 놀고 싶은데, 어디든지 클럽과 술집이 모여 있는 곳이면 나나가 있기 마련이고, 스치듯이라도 나나들을 보게 되면 나는 한풀 꺾여버리고 마는 것이다. 또 스스로가 참을 수 없이 한심해질 때, 어두운 골목 구석에서 나나를 만나기라도 하면 그래, 나는 가짜다 이것아, 하며 끝없이 우울해지기도 한다.

NANA WAS HERE!

나나는 여기 있었다!

라스베이거스 호텔 벨라지오 발렛파킹장 부근, 2013

　한 번은 미국에서 결혼한 사촌 형 결혼식 참석차 로스앤젤레스에 갔다가 라스베이거스에 놀러 가서 전 재산 29만 원을 호방하게 탕진한 적이 있는데, 그 카지노 건물 주차장 벽에서 'NANA WAS HERE'라는 낙서를 발견했다. 그 거짓말 같은 상황에 나는 '만감이 교차한다'라는 표현을 비로소 이해하게 되었는데, 친한 친구를 머나먼 이국땅에서 만난 듯 반갑기도 했고, 언제까지 나의 방황과 탕진을 그녀에게 들켜야 하나, 무섭기도 했다.

　하지만 드물긴 해도 반대인 날도 있었다. 이를테면, 홍대 카페 물고기자리에서 만난 아트북스 편집장님이 내 책을 내고 싶다고 말씀하셨을 때. 흘끗 지나치며 만난 나나를 보며, 봐봐, 나도 진짜야라며 뿌듯해지기도 한 것이다. 그렇게 난아의 거리 예술은 나에게 일종의 감시자로서, 좋은 친구로서 내 젊은날의 풍경이 되어주었다. 난아는 내가 가장 친숙한 '거리'라는 캔버스에 가감없이 전시하는 예술가였고, 나는 언제나 그 작품들에 크고 강한 인상을 받았던 것이다. 그녀는 나에게 진짜와 가짜의 경계를 생각하게 만드는 예술가였다.

　나나에 대한 이런 개인적인 감상을 홍대 부근에 오랫동안 살고 있는 친구 K에게 이야기했을 때, 그녀는 전혀 공감하지 못했다. 자기는 난아의 그라피티를 볼 때마다, 오히려 진짜가 없다고 느끼기 때문에 역설적으로 자신이 진짜라고 소리치고 다니는 사람, 즉 끊임없이 자학하는 사람처럼 보였다고 말했다. 그러면서 어찌 됐든 사람을 건드리는 구석은 있는 작업 같다고 덧붙였다. 다소 터프한 그녀의 감상을 들으면서 잠시 화가 나기도 했지만, 생각해보니 이렇게 다양한 해석이 가능한 것이 나나 시리즈의 멋진 점이라는 생각이 들었다. 그녀의 작업은 서울 이곳저곳의 거리에서 볼 수 있고 그만큼 많은 이들에게 노출되고 있다. 그리고 나와 친구 K의 감상이 전혀 달랐던 것처럼, 많은 사람들에게 제각각 다른 방식으로 해석될 것이다. 그렇게 서울은 전보다는 (아주) 조금 더 사색이 가능한 도시가 되는 것이다.

　　그러니까 그녀가 진짜인지 가짜인지, 아니면 그런 것은 사실 중요한지 아닌지에 대해서는 새롭게 나나를 발견한 사람들이 생각해야 할 몫이다. 어디든지 젊음의 거리라면 그녀를 찾을 수 있으니 천천히 생각해도 될 것이다. (내 눈에) 형이상학적인 무지갯빛 진짜 나나는 언제나 그런 방식으로 거리에 존재하고 있었고, 우리와 함께 서울을 살아가고 있기 때문이다.

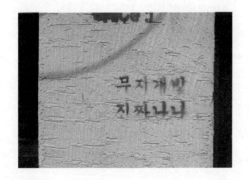

Real eyes
Realize
Real lies

진짜, 진짜로 살고 싶어요.

열람실 칸막이에 나비

경희대학교 중앙도서관 제2열람실 58번 좌석, 2011

도 서 관 에 서 낙 서 하 는 청 춘 들

내 청춘, 굳세게 가누나

기말고사를 앞둔 새벽 5시 무렵의 대학교 도서관, 그곳은 흡사 폐허가 된 전쟁터 같다. 교양과 전공 과목을 정복하기 위해 패기 있게 덤벼들었지만, 결국 보기 좋게 참패해버린 대학생들의 잔해뿐인 폐허. 그러니까 쓰레기통에는 핫식스와 레쓰비가 산처럼 쌓여 있고, 바닥에는 프린트물이 널브러져 있으며, 아직 생존한 몇몇 패잔병들이 전공 서적을 베개 삼아 숙면을 취하고 있는 을씨년스러운 풍경이 펼쳐지는 것이다. 하지만 다음 날을 걱정할 필요는 없다. 아침 6시가 되면 유엔군 같은 청소부 아주머니들이 신속하고 정확한 몸놀림으로 복구 작업을 시작하여, 7시쯤 되면 황량했던 그곳이 다시 쾌적하고 깨끗한 열람실로 재탄생하기 때문이다. **어젯밤, 기말고사와의 치열했던 전투의 현장이 거짓말처럼 사라지고, 다시금 스펙 획득의 장이 펼쳐지는 것이다.**

그러나 낙서는 남는다. 연애 생각에 도무지 집중이 안 되거나, 소주 한 잔이 몹시 고팠던 학생들이 적어놓은 푸념 섞인 낙서들은, 그들이 떠나도 열람실 칸막이 구석에 남아 조용히 자리를 지키고 있는 것이다. 시대를 불문하고 도서관 낙서는 그런 식으로 적혔다가, 끝내는 지워지기를 반복했을 것이다. 그리고 그 낙서들에서는 우리의 젊은 날을 읽을 수 있다. 1980년대에는 사회·정치적 낙서들이 많았을 것이고, 1990년대에는 X세대와 오렌지족에 관한 낙서 담론이 이어졌을 것이며, 내가 겪었던 2000년대에는 취업 압박의 설움이 담겼을 것이다. 치열했던 1980~90년대에 대학을 다니지 않아 잘 모르겠지만, 공통적으로는 사랑과 이별에 대한 쓸쓸하고 젊은 이야기들, 혹은 음담패설들이 적혀 있지 않았을까.

그래서 낙서를 담은 이 책에 내가 다녔던 대학 도서관의 낙서를 몇 개 기록해두려고 한다. 비싼 과일 값 때문에 사과 한 알 못 사 먹는 처지가 몹시 서러워서, 그 심정을 리포트에 적어 낸 후배 정하가 밤을 지새우던 그 도서관. 미친 듯이 조경학과 과제만 하다가 뜬금없이 영화미술 회사에 들어간 동기 원우가 싫어하던 그 열람실. 그리고 "노나 공부하나 마찬가지다, 아니다 노는 게 더 좋다, 그래서 오늘도 놀자"라고 했으면서, 정작 자기는 공무원이 된 시태 선배가 자주 가던 그곳의 낙서들을 몇 개만 스케치하듯 남겨둔다. 치열했던 2000년대 대학 도서관의 청춘들을 생각하며.

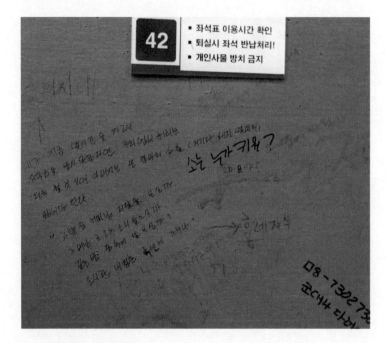

도서관 청춘

↑ 슬퍼지네

내가 지금 몇 시간을 자고서
장학금을 받지 못한다면, 우리 엄니 허리는
더욱 휠 것이며, 아버지는 또 한 마리 소를 (거기다 돼지 몇 마리)
파셔야 한다.   소는 누가 키워?

"고향집 어머님 저 달을 보실까.
아버님 코 고는 소리 들으실까.
깊은 밤 꿈속에 날 보실까?
도서관 내 청춘 굳세게 가누나."   → 후레자식

            ↘ 이 글 쓰는 시간에 한 자라도 더 보겠다

경희대학교 중앙도서관 24시간 열람실 42번 좌석, 2012 ©김진표

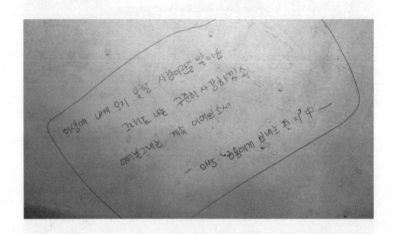

옆자리 어여쁜 그녀를 훔쳐보며

이 생에 내게 오지 못할 사람이란 걸 알아요
그래도 나는 꾸준히 사랑하겠소
어여쁜 그대는 계속 어여쁘소서

-이상, '금홍에게 보내는 편지' 中

경희대학교 중앙도서관 24시간 열람실

선배의 조언 및 자기자랑

후배들아 형은 취직해서
이제 떠난다.
／초봉 4200

형처럼 좋은 데 취직하려면
열심히 노력하거라 ㅋㅋ
　　　　부럽다 흥 일 열심히 해

경희대학교 중앙도서관 제1열람실

주적에 관한 고찰과
Theory of the study

술은 우리의 적이다
먹어서 없애자

Study = No fail
+ No study = fail
_____

(No+1) study = (No+1) fail
* study = fail
넌 천재다! ㅋㅋ

경희대학교 중앙도서관 제2열람실

Ring my bell

누르고 싶다.

나도 누르고 싶다…
아무도 없을 때 눌러봐야지.
지금 17명 있는데 기다릴 거야.
2010. 11. 9 02:55
03:03 8명. 03:55분인데 7명 남았다. 포기.

눌렀다가 학생증 뺏김 ㅋㅋ.
쫓겨남.

경희대학교 중앙도서관 24시간 열람실

고려대학교 학생회관 3층 남자 화장실, 2014

내가 너보다 커

소변기 앞에서 모욕감을 느꼈다
뭐가 이 자식아.

인사동 쌈지길 지하 1층 남자 화장실. 2008

（불안）

"힘내세요" 한마디

제출 기간이 지난 에세이

잠실역 8번 출구 앞, 유유히 자전거를 타고 나타난 아저씨가 문득 나를 잡아 세웠다. 길거리에 담배꽁초를 버렸으니 과태료를 납부해야 한다는 이유에서였다. 구청의 단속반 소속이셨던 그 아저씨는, 친절하게도 15일 내에 자진납부 하면 20퍼센트 할인되니 꼭 기일 안에 돈을 내라는 말도 잊지 않으셨다. 담배꽁초 무단투기야 문화시민으로서 물론 하지 말아야 할 행동이었지만, 사실 나는 '세상이 어쩌면 이리도 잔인할 수 있을까' 하는 마음에 몹시 화가 났다. 그로부터 약 10분 전에, 내가 서 있던 보도 앞 카페에서 2년 동안 만나온 여자친구에게 일방적으로 이별을 통보받았기 때문이다. 그녀는 변명의 여지도 주지 않고 그저 "이제 그만하자"라는 말만 남기고 홀랑 떠나버렸고, 나는 달리 어쩔 도리 없이 밖으로 나와 담배만 피우며 작금의 상황을 정리하고 있었을 뿐이었다. 그런데, 과태료라니…… **연애의 끝에서 허무한 담배 맛이 났다.**

; 담배 맛

성북구 동선동 1가의 어느 골목, 2012

그리하여 나는 한 학기 동안 휴학을 하기로 결정했다. 졸업 전에 전공하고 있는 조경 분야에서 인턴 생활을 하고 싶기도 했지만, 캠퍼스 커플이었던 나로서는 무엇보다 학교에서 그녀의 얼굴을 마주할 자신이 없었기 때문이다. 그래서 '대학 생활 중 절대 하지 말아야 할 것'으로 '캠퍼스 커플'을 1위로 꼽았던 선배 동혁이 형이 차린 작은 조경 설계 사무소에서 아르바이트를 시작했다. 좀 바쁘게 지내다 보면 괜찮아질 거란 가벼운 마음과 함께 아마도 평생 몸담을지도 모를 조경 사회를 미리 경험해보자는 건설적인 마음도 있었다.

하지만 4개월 동안 경험했던 그 사회는 '조경 설계'에 대해 어느 정도 로망을 품고 있던 대학생에게 깊은 회의를 안겨줬다. 일단 24시간 중 18시간 이상을 일해야 하는 초노동법적인 근무 환경, 공장에서 찍어내듯 설계 도면을 작성해야 하는 지독한 업무에 시달렸고 무엇보다 이런 상황이 어느 정도 규모가 있는 회사에서도 마찬가지라는 사실을 알아버렸기 때문이다. 그곳에서의 유일한 기쁨은, 동혁이 형과 함께 담배를 태우며 우리가 속한 사회에 대한 자조 섞인 농담을 주고받는 시간뿐이었다. 결국 그 사회에 염증을 느낀 동혁이 형은 충남의 어느 쓰레기 처리장 조경 설계를 끝으로 사무소 문을 닫고 조그만 커피 공장을 열었으며, 나는 학교로 돌아가게 됐다.

그렇게 진한 경험을 마치고 학교로 돌아와, 마침내 4학년 1학기를 맞이한 나는 무척 혼란스럽고 불안했다. 그것은 '대학'이라는 친절하고 방만한 집단에 더 이상 소속감을 갖지 못한다는 두려움에서 출발한 감정이었다. 그동안 안전하게 나를 지켜주던 '대학생'이라는 허물을 벗어야 할 시기였지만, 지난 4개월 탓에 조경에 관련된 일은 당분간 하고 싶지 않았으므로 도무지 학과 공부나 취업 활동에 흥미가 생기지 않았고 '소속 없음'의 상태로 뭘 어떻게 살아야 할지 막연하기만 했다. 또, 캠퍼스에서 헤어진 여자친구를 마주치지 않기 위해 일종의 은닉 생활을 해야 했는데 그것도 나를 좀 우울하게 만들었다.

그런 시기에, 그런 심정으로, 나는 '예술과 미학'이라는 교양 수업을 들었다. 금요일 오전 9시 수업이라 학생들이 많지 않았기 때문에, 교양 학점이 모자라고 은닉 생활도 해야 하는 나에게는 매우 적합했다. 담당 교수님은 연세가 지긋하신 여교수님이었고, 미학이라는 난해한 학문을 쉽고 천천히 설명해주셨는데, 드문드문 자리가 비어 있는 강의실에서 노교수님의 차분한 음성을 듣고 있노라면 왠지 마음이 편해지기도 하고 따듯해지기도 했으며 꾸벅꾸벅 졸기에도 좋았다. 덕분에 아침 수업임에도 불구하고 나는 열심히 출석을 했고, 수업이 끝나면 산뜻하게 금요일을 시작할 수 있었다.

허
물

추계예술대학교 지사관 2층 복도, 2013

무엇보다 그 강의에서 가장 좋았던 것은 매주 제출해야 했던 A4 한 장 분량의 에세이 과제였다. 주제는 자유였고, 교수님은 되도록이면 그날의 수업 내용을 정리하거나 예술 혹은 미학에 관련된 이야기를 적어내는 편이 좋겠다고 하셨다. 처음에는 그런 글쓰기가 익숙지 않기도 하고 귀찮기도 했는데, 매주 조금씩 적다 보니 점점 재미가 붙고 어느 순간부터는 꽤 진지한 마음으로 글을 쓰게 됐다. 그때 나는 처음으로 '글을 쓴다는 행위'가 그 자체만으로도 스스로에게 위로가 된다는 사실을 알게 됐다. 특히, 마음이 어지럽거나 울적할 때 더욱 그러했다. 그렇게 나는 실패한 연애 이야기를 적기도 하고, 진로에 대한 고민이나 스스로의 허물에 대해서도 주절주절 적어냈다. 좋은 수업이었다.

그러던 어느 날, 교수님이 한참 수업을 하시다가 갑자기 "1)이 수업은 4학년들이 많이 듣고 있는 걸로 알고 있어요 2)당신들이 제출한 에세이들을 읽다 보면 참 요새 대학생들은, 특히 4학년들은 굉장히 힘든 시간을 보내고 있는 것 같아요 3)하지만 힘내세요"라고 말씀하셨다. 나는 음, 고마운 말이네, 라고 생각했다. 그런데 조금 여유를 두고 교수님께선 또 같은 말씀을 하셨다. "힘내세요"라고. 나는 교수님께서 '어젯밤에 영화 「굿 윌 헌팅」손(로빈 윌리엄스)의 명대사 "It's not your fault". 어릴 적 트라우마로 힘들어하는 자신의 제자 윌(맷 데이먼)에게 손은 여러 번 반복해서 이 말을 해서 결국 윌을 울리고 만다 을 보셨나, 왜 그러시지'라고 생각했다. 그런데 교수님은 또 "힘내세요"라고, 그리고 마지막으로 한 번 더 "힘내세요"라고, 총 네 번에 걸쳐 약간 떨리는 음성으로 같은 말을 반복하셨다.

세종대학교 군자관 3층 여자 화장실, 2013

나는 "힘내라"라는 말을 좋아하지 않았다. 겉치레에 속하는 대표적인 말로, 별로 위로가 되지 않고 실제로 힘이 되지도 않는 말이라고 생각했다. 하지만 그 마지막 "힘내세요"에, 나는 무척 당혹스럽게도 울음을 터뜨려버렸다. 도대체 왜 눈물이 나는지는 모르겠는데, 갑작스레 울컥하더니 이내 참을 수 없이 눈물이 터져 나왔던 것이다. 나는 혹시나 누가 볼까 봐서 쓰고 있던 MLB 모자를 힘껏 눌러 쓰고 강의실 구석에서 소리 없이 울었다. 뒷자리의 여학생이 쳐다보고 있는 것 같아 창피했지만 터져 나오는 눈물을 참을 수가 없었다. 결국 그날 나는 눈물을 한 바가지 쏟아내고, 그 때문에 퉁퉁 부은 얼굴을 누구에게도 들키기 싫어 가장 늦게 강의실에서 빠져나왔다.

그러곤 밖으로 나와 오랫동안 담배 한 개비를 태웠다. 그 빤한 말에 왜 눈물이 터졌는지는 알 길이 없었지만, 한편으론 아주 후련한 기분이었다. 매우 뜨거운 찜질방에서 몸을 지지다가 밖으로 나와 서늘한 공기를 느끼는 것처럼 시원했고, 그동안 꽉 막혀 있던 어떤 감정들이 마치 광복절마냥 해방된 느낌을 받을 수 있었다. 그래서 그 주의 에세이로 이러한 감정의 해방에 대해 적으려고 했지만, 썼다 지웠다만 몇 번 반복했을 뿐 결국 나는 쓰지 못했다. 일단 그 눈물이 무엇 때문에 촉발되었는지, 어떤 모호하고 답답한 감정들이 나를 잠식하고 있었는지 그저 추측만 했을 뿐, 글로 쓸 만큼 정리되지 않았기 때문이다. 결국 나는 그 주의 에세이는 제출하지 못했다.

그 이후로 대학에서 벗어난 나는 예쁜 꽃집을 하나 창업했다. 경제적으로 독립하면 그 이후에는 내가 하고 싶은 것들을 자유롭게 할 수 있지 않을까, 나는 식목일에 태어났고 조경을 전공했으며 나의 아버지도 꽃집을 운영하고 있으니 모든 것이 잘 풀리지 않을까, 하는 순진한 생각을 했던 것이다. 물론 내 주변의 모두가 예상했듯이 예쁜 화분에 잘 담아놓은 나의 식물들은 전혀 팔리지 않았고 3개월 만에 폐업 신고를 해야 했다. 오직 팔리지 않은 어여쁜 식물들만이 쓸모 있게도 내 창업을 만류한 지인들에게 골고루 돌아가게 되었다. 하지만 그 처참한 실패 이후로도 나는 계속해서 창업을 했다. 이따금 흥하기도 했지만 대부분은 보기 좋게 망했다. 그러나 뭐, 망하면 그저 폐업 신고를 하면 됐다.

간단했다.

　그렇게 몇 년. 송파세무서에 세 번째 폐업 신고를 하고 집으로 돌아오는 어둑한 길을 걸으면서 나는 '예술과 미학' 시간에 내가 느낀 감정에 대해서, 무엇이 내 감정을 그렇게 폭발시켰는지에 대해서 문득 깨닫게 되었다. 그것은 소속감의 문제였다. 내 팔을 내가 흔들어 사는 청춘을 살아가면서 나는 언제나 그것과 싸워야 했다. 돈이 잘 벌릴 때나 아닐 때나, 무엇인가 새로운 일을 할 때마다 나는 안정적인 소속이 없다는 사실에 불안해해야 했고, 실제로도 그것은 가장 괴롭게 다가오는 점이었다. 내가 하고 싶은 일을 하기 위해 지금 잠시 고생할 뿐이라고 입버릇처럼 말하고 다녔지만, 사실은 어떤 집단이든 소속이 있는 친구들을 보면 굉장히 부러웠고 한편으론 많이 아팠다. 그러니까 혼자서 멀뚱멀뚱 살아보고자, 어딘가에 소속된 것이 아니라 자기 스스로의 이름으로 살아보고자 결심했던 대학 4학년 시절에는, 이제 곧 '소속 없음'의 상태가 된다는 사실이 막연히 두려웠던 것 같다. 너무 막연해서 그 불안이 나를 얼마나 괴롭히고 있었는지 몰랐을 뿐이다. 그래서 "어찌 됐든 힘내"라고 마음을 담아 이야기해주는 교수님의 친절하고 따뜻한 말이, 누군가 위로해주었으면, 알아봐주었으면 했던 그 당시의 나를 크게 자극했고, 끝내는 눈물을 터뜨렸던 것이다. 소속 없는 청춘을 선택한 사람은 언제나 힘을 내야 했다. 억지로라도 그것이 꼭 필요했다.

Choose your future,
Choose your life

미래를 선택하라,
당신의 삶을 선택하라

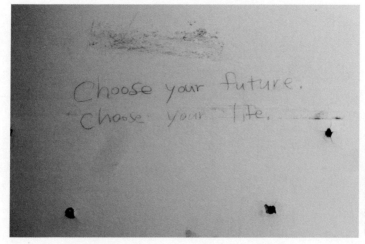

중앙대학교 학생회관 남자 화장실, 2013

　모든 수업이 끝나고 교수님은 기말고사 시험지를 내는 내게, 한 학기 동안 나의 에세이를 잘 읽었다고, 얼굴은 투박하게 생겼지만 글은 안 어울리게 감성적이라 참 재미있게 읽었노라 이야기해주셨다. 그러곤 다시 한 번 "힘내세요"라고 위로해주셨다. 그날은 눈물이 나진 않았지만 진심으로 고마운 마음이 들었고, 그 말이 적지 않은 울림으로 와 닿았다. 그리하여 교수님께 진심으로 고마운 마음을 담아 그때 제출하지 못했던 에세이를 다시 적는 기분으로 이 글을 적고 있다. 여전히 나는 불안해서 잠이 안 올 때가 더 많은 청춘이고 계속해서 힘을 내야만 하는 사람이지만 그때의 그 '예술과 미학' 강의는 정말로 힘이 되었었다고, 지금도 그러하다고 말하고 싶기 때문이다.

경희대학교 정문 앞 골목, 2013

청춘의
우정

변신의 순간
가자! 보물섬으로
애증의 20년 지기

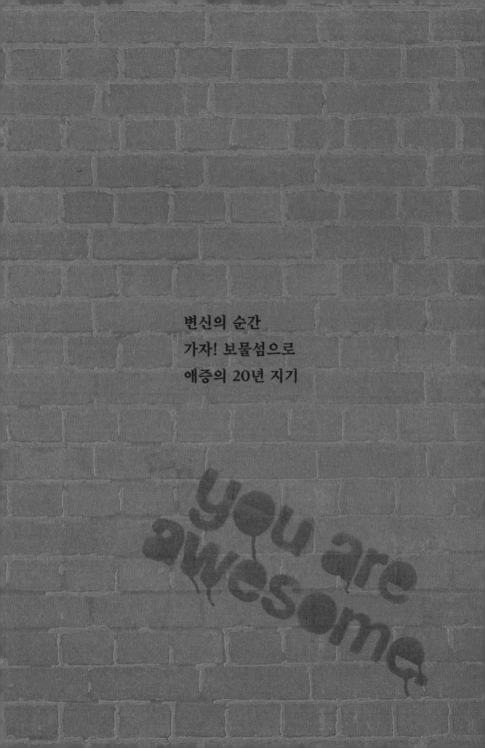

변신

강남구 논현동 139-34 담벼락, 2012

변 신 의 순 간

할미꽃이 된, 내 친구 희자

나는 사람들마다 '변신의 순간'이 있다고 믿고 있다. 좋은 것이든 나쁜 것이든, 굳이 슈퍼히어로가 아니더라도 어느 특정 상황이 되면 사람들은 '변신'한다. 학교에서, 거리에서, 사무실에서 그리고 모텔에서 나는 종종 그들의 변신을 목격했으므로 이는 경험에서 나온 이야기라고 할 수 있다. 그중에서도 내가 목격한 가장 극적인 변신은 내 친구 희자의 것이었다. 그래서 논현동 139-34번지에서 이 낙서를 발견했을 땐, 희자의 모습이 첫 번째로 떠올랐다. 그러니까 이 글은, 지금은 서울 하늘 아래에 없는 내 친구 희자의 변신, **그것도 몹시 특별했던 변신에 관한 이야기다.**

　금요일 밤, 나는 여느 때와 다름없이 잔뜩 상기된 친구들과 함께 홍대 거리를 탐험하고 있었다. 이제 곧 술을 먹고, 실언과 폭소를 반복하고, 그러다가 클럽에 가서 남김없이 청춘을 소비할 예정이었다. 그런 빤한 밤에 한 친구의 소개로 희자를 만났다. 그녀는 일찍이 일어학과를 졸업하고 인천공항 면세점에서 근무하는 다소곳한 타입의 직장 여성이었다.

　아무튼 술자리가 좀 얼큰해질 무렵 희자와 대화하기 시작했는데, 우리는 처음부터 꽤 잘 맞았다. 즐겨 듣는 음악과 자주 찾는 작가들이 비슷했고, 무엇보다 「8월의 크리스마스」를 둘 다 몇 번이나 돌려보았던 점과 그리하여 장면 하나하나를 자세하게 이야기할 수 있었던 부분에서 진한 공감대를 이룬 것이다. 그날 밤, 우리는 오랜 시간 이야기를 나눴다.

　그 이후로 희자와 나는 종종 만나서 커피를 마시거나 영화를 같이 보는 사이가 됐다. 희자가 내킬 때마다 종로의 갤러리들에서 파인아트를 구경하기도 하고, 그것을 안주 삼아 또 술을 마시곤 했던 것이다. 물론 실언과 폭소도 빠지지 않았다. 희자와 함께하는 시간은 항상 마음이 편했고 유익했으며, 이제 와서야 고백하지만 더러는 가슴 떨리는 순간도 있었다.

　그렇게 내가 '남녀 사이에 친구 관계란 존재할 수 있는가!'에 대해 진지하게 고민하던 어느 금요일에, 이태원 네스카페 앞에서 희자를 만

낲다. 그날의 희자는 평소의 정갈했던 모습과는 약간 달랐는데, 매트한 빨간 립스틱을 발라 흰 피부가 돋보였고, 고급스러워 보이는 검은 코트 안에는 호피 무늬 스커트와 뒤가 파인 캐시미어 터틀넥을 숨기고 있었다. 당황스러워하는 나를 술집으로 밀어 넣은 희자는, 좋아하던 8:2 비율의 소맥 말고 스트레이트로 참이슬 후레쉬를 마시기 시작했다. 그리하여 나는, 오늘이 날이구나. 그래, 남녀 사이에 친구 관계란 존재하지 않는다!라는 임전무퇴의 정신으로 소줏잔을 들었다. 술집 이모가 분주하게 안주와 술을 날라주셨으므로 우리는 마침내 적당히 취하게 되었고, 희자는 나에게 비밀스럽게 다가와 이제 춤을 추러 가자고, 속삭이듯 말했다. 그에 덧붙여서 그냥 클럽 말고 게이 클럽, 이라고 더 비밀스럽게 속삭였다. 벙찐 내 표정을 재미있어하며 희자는 말을 이어갔다. 내용인즉슨 이랬다.

게이 클럽은 남자들만 가는 금녀 구역이 아니다. 나처럼 춤은 추고 싶은데, 추근거리는 남자들을 상대하기 피곤한 여자들도 많이 간다. 그런 종류의 쿨한 여자들은 내 경험상 멋진 신여성인 경우가 많고, 네가 접근하기도 쉽다. 왜냐하면 그녀들은 당연히 너를 게이라고 생각하므로 부담 없이 받아들이기 때문이다. 그러다가 대화가 적절히 흐름을 탔을 때, "오해하실까 봐 말씀 드리는데 저는 게이가 아닙니다. 다만 친구를 따라왔을 뿐입니다"라고 단호하게 말하면, 예상치 못한 곳에서 멋진 인연을 만들 수도 있다. 어쩌면 결혼도 할 수 있을 것이다.

그렇게 나는 난생처음으로 '게이 클럽'이라는 곳을 가게 되었다. 나는 그러한 클럽에 가기에 딱 좋을 정도로 취해 있었고, 희자의 말에도 어느 정도 설득력이 있었다. 물론 이태원 소방서 방향으로 총총히 걸어가는 희자를 따라가면서도 '남녀 사이의 지속적인 친구 관계'에 대해 생각했지만 그것은 더 이상 중요한 문제가 아니었다. 나는 아스팔트에 무지개가 낙서된 게이 거리로 향하고 있었기 때문이다.

간판에 why n☆t이라고 적혀 있는 클럽 안으로 들어갔을 때, 나는 두 가지를 알 수 있었다. 첫째는 희자 말대로 몇몇의 멋진 신여성들이 있었다는 것이고, 둘째는 파도처럼 쏟아지는 수많은 남자들이 춤사위를 벌이고 있었다는 것이다. 나는 그야말로 압도당했다. 그렇게 많은 남자들이 춤을 추는 것은 군대 아침 체조 이후로 처음 보는 광경이었기 때문이다. 하지만 그 외의 것들은 일반 클럽과 별반 다를 것이 없었다. 알코올과 담배 냄새가 배인 특유의 클럽 냄새와 쿵쿵대는 소음 등이 그러했고, 싸구려 미러볼 아래에서 서로를 몰래 탐색하는 은밀하면서도 유쾌한 분위기도 그러했다. 다만, 남자들이 많았다. 노르웨이 숲의 나무만큼이나 많았다. 나는 튀지 않도록, 누군가의 레이더에 잡히지 않도록 조심조심해서 바텐더에게 진 토닉 한 잔을 부탁하곤, 짐을 맡기러 간 희자를 조용히 기다렸다.

무지개가 칠해진 아스팔트
무지개 깃발은 동성애자와 동성애 문화의 대표적인 상징이다.

용산구 우사단로 12길 9, 2013

IF YOU LOVE ME LET ME KNOW
I KNOW YOU ARE WHATCHING ME

나를 사랑한다면 내게 알려줘
네가 날 보고 있다는 걸 알아

이태원 클럽 Grey, 2013 ©익명의 희자

코트와 백에서 자유로워진 희자는 나와 알코올 두어 잔을 나눠 마시면서, 여기 남자들은 넙죽한 컨버스에 통 넓은 바지를 입고 인중에 뾰루지까지 난 너한테는 전혀 관심이 없으니 걱정 마라, 단지 네가 남자라서 너를 좋아할 거라 생각한다면 오히려 저들에게 모욕이다, 라며 솔직하고도 상처가 되는 말로 나를 안심시켜주었다. 그러고는 함께 춤을 추자고 했는데 나는 도무지 용기가 나지 않았기 때문에, 희자는 혼자서 캄캄한 플로어로 느슨하게 걸어갔다.

그리고 희자는 변신했다. 꽃처럼 변신했다.

「8월의 크리스마스」를 몇 번이나 돌려보고, 단정한 차림새로 그림 구경하는 것을 좋아하는 희자는 그날, 내일이 없는 사람처럼 춤을 췄다. 춤을 추며 변신했다. 자신의 오롯한 의지로써 스스로 몸을 움직인다는 기쁨을 느끼고 있는 것 같았다. 혹은 무엇인가에 홀린 듯 움직이는 것 같기도 했다. 희자의 춤은 장르를 알 수 없는 막춤이었지만 현대무용이나 재즈댄스처럼 멋졌다. 묘하게 감동적이었고 아름다웠다. 희자는 대상 없는 사랑을 갈구하며 욕정을 해소하고 있었고, 자유로웠다. 다만, 그러한 변신은 조금 안타까워 보였다. 꽃은 꽃인데 하룻밤 예쁘게 폈다 다시 져버리는, 밤에만 만개하는 할미꽃처럼, 한정된 시간에 쫓기는 듯했기 때문이다.

나는 곧 희자의 춤사위에 매료되고 감화되었기 때문에 함께 춤을 추기 시작했다. 나의 합류에 희자는 기뻐했고, 가까이 다가와서 귀에 대고 관절까지 예뻐지는 기분이라고 큰소리로 말했다. 그렇게 나는 관절이 예쁜 할미꽃과 데킬라를 몇 잔이나 더 마셨고, 마침내 만취 상태에만 나오는 '진상 탈춤'까지 춰버렸다. 진상 탈춤이란 내가 개발한 춤으로 희자의 춤보다는 못하지만, 일단 추기 시작하면 사람들에게 끊임없는 폭소를 유발할 수 있었다. 그것으로 주변의 게이 친구들을 즐겁게 해줬기 때문에 나는 데킬라를 몇 잔 더 얻어먹을 수 있었다.

그러는 와중에 희자가 "나 사실 남자보다 여자를 더 좋아해"라고 말했던 것 같기도 하고, 그 이후에는 무슨 파티인지 클럽에 레즈비언들이 잔뜩 와서 다 함께 놀았던 것 같기도 하며, 그때의 희자는 어느 날보다 자유롭고 편해 보였던 것 같기도 하다. 하지만 자세한 내용은 너무 취했기 때문에 잘 기억이 나지 않는다. 다만, 그날 밤은 참으로 특별하게 느껴졌던 것이 생각난다. 무지갯빛 아스팔트 위에서 흐드러지게 피어나는 희자를 생생히 지켜볼 수 있었기 때문이다. 다시 한 번 말하지만, 그렇게 극적이었던 변신, 너무나 예뻐서 안타까웠던 변신을, 나는 그전에도 그 이후에도 목격한 적이 없다.

I FXXX ON THE FIRST DATE
나는 첫 데이트에 X했다

만취했던 나는 어설픈 영어로, 희자의 외국인 친구들에게
스스로를 낙서 수집가라 소개했다. 그들은 신기해하며
어느새 바 뒤편에 뒹굴던 펜을 빌려와 나의 등에 무차별적으로
낙서 세례를 퍼부었다. 내 영어가 잘못 전달되어서 벌어진
일이었겠지만 낙서장이 된 나는 유쾌했다.

클럽 why nôt에서. 2009년에 적힌 낙서를 2013년에 다시 찍었다.

일본어를 전공한 희자가 뜬금없이 휴스턴으로 떠나기 전까지, 우리는 변함없이 종종 만났다. 물론 그날 이후 희자는, 아름다운 심은하 덕분에 그 영화를 몇 번이나 돌려본 것이라 고백했지만, 이유야 어찌 되었든 우리는 여전히 「8월의 크리스마스」에 대해 이야기했고 그림 구경을 하러 다녔다. 그리고 그녀가 호피 무늬 아이템을 걸치는 특별한 날이면, 예의 그 클럽에 가서 할미꽃으로 변신하는 다정한 희자 씨를 구경하곤 했다. 물론 나도 진상 탈춤을 추었고, 관절이 예뻐지는 느낌도 받을 수 있었다.

이태원 역 부근 골목, 2013

희자는 그렇게 몇 번 더 변신하고 나서 미련 없이 떠났다. 그녀가 없는 서울에서 나는 얼마간 쓸쓸해했지만, 이것저것 스스로의 청춘을 뒷바라지하느라 바쁘게 지내다 보니 이내 괜찮아졌다. 그러다가 문득, 이미 많은 시간이 흘렀음에도 희자와 내가 좋은 친구로 남아 있다는 사실을 깨달았다. 적어도 희자와 나는 '남녀 사이의 지속적인 친구 관계'를 유지했던 것이다. 나에게 서울은 남과 여로 간단하게 나눠지지 않는 복잡다단한 세계였고, 그곳에서 내 친구 희자는 친절하고 따스한, 일종의 위로와도 같은 존재였다.

이제는 시간이 많이 흘렀지만 어쩌다 이태원의 그 거리를 지나치게 되면, 희자의 들뜬 목소리와 작은 떨림, 희미한 향수 냄새 같은 것들이 떠오른다. 그리고 오늘은 또 얼마나 많은 희자들이 저 거리에서 비밀스러운 변신을 시도할까, 21세기 신여성들도 페로몬 걱정 없이 이 밤을 즐기고 있겠지, 하는 생각에 웃음이 나고, 동시에 참 많이 그리워지기도 한다. 바로 저 거리에 희자와 내가 있었고, 어떤 부분들은 여전히 남아 있기 때문이다. 아마도 한동안은 이런 감정으로 이태원 우사단로 12길을 지나칠 것이다. 밤이 되면 만개하던 내 친구 희자를 생각하며.

*"너에 대한 글을 적고 싶다, 할미꽃 이야기를 할 거다"라고 연락했더니, 희자는 익명으로 쓸 것과 앞으로 나올 나의 책, 그리고 블루레이 타이틀로 새로 나온 「8월의 크리스마스」 오마주 컬렉션 DVD를 보내주면 허락하겠다고 했다. 그리고 다 잘될 거라는 말도 잊지 않았다.

moves like Jagger

금요일 강남역의 밤.
우리 모두 뿅뿅뿅 춤을 추자.

강남역 부근 골목의 담벼락, 2013

가자! 보물섬으로

보물을 찾는 나와 박모세(이하 P)의 여행기

① P를 만나다

고등학생이었던 나는 언제나 처참한 심정이었다. 지금 생각하면 왜 그랬는지 도무지 이해를 못하겠지만, 무엇을 하든 무거운 마음이었고 담뱃값은 항상 모자랐다. 아마도 남들보다 중2병을 오랜 기간 치명적으로 앓았던 것이 주요한 원인이었을 것이다. 아무튼 불쾌하고 미지근했던 그 시기를 버틸 수 있었던 것은, 아버지의 서재에서 몰래 꺼내와 탐독했던 『상실의 시대』와 **그로 인해 생긴 대학 생활에 대한 하루키적 로망 덕분이었다.**

　　그러니까 고등학생이었던 나는 소설 속 주인공 와타나베처럼 살
고 싶었고, 대학에만 가면 하루키 소설에 나오는 친구들을 만날 수 있
을 거라고 생각했다. 어두컴컴한 바에서 무욕적으로 보이는 바텐더를
앞에 두고 주구장창 맥주만 마시는 날들을 기대했던 것이다. 그러다 보
면 미도리를 닮은 여자애와 오믈렛도 먹고 섹스도 하겠지. 강의를 듣는
대신 침대 위에서 담배 한 개비를 나눠 피우며 어른들의 세계를 비난할
수 있겠지, 라고 상상했던 것 같다. 하지만 정작 스무 살이 되었을 때,
부푼 마음으로 샤기 컷을 하고 대학교 정문에 당도했을 때, 그런 일은
거짓말처럼 전혀 일어나지 않았다.

P 얼굴에 낙서
과한 알코올 섭취와 격한 댄스의 영향으로,
첫차를 기다리는 카페에서 P는 곯아떨어졌다.
얼굴에 낙서를 해도 눈치 채지 못했으며
첫차 시간이 되어도 일어날 생각을 전혀 하지 않았다

홍대 놀이터 근처 (지금은 없어진) 24시간 카페, 2008

왜냐하면 2005년의 우리들은 싸이월드를 너무 열심히 했기 때문이다. 우리에게 가장 중요한 일은 미니홈피 대문 사진을 포토샵으로 열심히 다듬고, 고심해서 사진첩 폴더명을 짓고 방명록을 관리하는 일이었다. 우리들의 대학 생활, 맛집 탐방, 배낭여행 그리고 사랑과 이별까지도 싸이월드를 통해 공개되어야만 비로소 진짜라고 인증받을 수 있었다. 그러니까 싸이월드의 거대한 파도가 너와 나를 뒤덮던 시기였던 것이다. 내 마음속의 작은 하루키 씨는 그 파도에 휩쓸려 표류하고 있었다.

작은 하루키 씨가 그렇게 정처 없이 떠돌아다니는 동안, 나는 심리학 개론 수업에서 친구 P를 만났다. 우리는 수업 시간에 임의로 정해진 짝꿍으로 만나게 되었는데, 서로가 서로를 별로라고 생각하는 그런 관계였다. 짝꿍이라면 마땅히 해야 하는, 프린트를 같이 본다든가 발표 준비를 같이한다든가 하는 일들은 서로 거북스러워했다. 그러다가 교수님이 지금까지 자신의 인생 곡선 그래프를 그려보고 그것을 짝꿍과 공유하라고 하신 적이 있는데, 그 친구와 나의 그래프 모양이 놀랍도록 흡사해서 서로가 당황했던 사건이 있었다. 가장 행복했던 시기는 4~5세, 불행했던 시기는 15~17세. 그리고 현재는 그저 그렇다는 것을 보여주는 그래프였다. 아마도 싸이월드 때문이었을 것이다.

② X로 가득 찬 우리들의 보물섬

그 사건을 계기로 P와 나는 급속도로 친해지게 되었다. 그는 뜬금없이 자기 마음의 고향이 노르웨이라고 선언하거나 "너 진짜 못생겼어"라며 꽤 통찰력 있는 독설을 해대는 등 마음을 끄는 구석이 있는 친구였지만, 통금 시간이 있고 심지어 그것을 정확하게 지키며 술과 담배, 당구와 위닝 일레븐을 하지 못하는 다소 싱거운 대학생이기도 했다. 당시로는 남자가 입기에 파격적인 빨간 스키니 진을 입고 꼴사나운 베컴 머리를 한 그가 통금 시간이 지났다며 황급히 귀가하는 모습은 참으로 좋은 볼거리였다.

용산구 이태원동 127-32, 2012 ⓒP

가자
보물섬으로!

아무튼 술을 하지 못하고 통금 시간도 있는 P 때문에 우리는 낮 시간의 도서관 앞 광장에서 많은 이야기를 나누곤 했다. 지겨워지면 2,300원씩 각출하여 1990년대풍 커피숍 시카고에 가서 더 떠들어댔다. 대화 주제는 떨어지지 않았다. 짝사랑하는 여자애의 암시투성이 미니홈피와 비뚤어진 리비도에 대해, 밴드 음악과 홍상수에 대해, 그리고 결국에는 서로의 작은 하루키 씨에 대해 끊임없이 이야기를 나누곤 했던 것이다. 특히 우리는 예술에 관한 이야기를 많이 했다. 그러나 작가가 되고 싶다든가 하는 쑥스럽고 민망한 말은 불문율처럼 서로 내뱉지 않았다. 그냥 예술에 관해 좀 더 많이 이야기를 나눴을 뿐이다. 그는 하루키 소설에 나오는 친구들과 닮은 구석은 없었지만, 그런 시간들에 나는 나름대로 만족했다. 아니, P가 이 글을 읽는다면 나는 이내 부끄러워지겠지만, 고백하건대 참으로 충만해지는 시간이었다. 우리는 그 많은 이야기들을 그냥 'X'라고 불렀다. 그리고 미지의 X를 찾아가는 여정을 '삼만리'라고 명명했다. 그리하여 언젠가는 X로 가득한 각자의 보물섬을 찾을 수 있을 것이라고 모호하게 희망했던 것 같다.

우리가 다니던 대학교는 학부제를 채택하고 있었기 때문에, 1학년을 마친 뒤에는 각자 다른 과로 나뉘게 되었다. 나는 아는 형의 꾐에 속아 '나무로 세상을 디자인한다'라는 대단한 캐치프레이즈를 내건 조경학과에 들어갔고, 새파란 스키니 진도 입어대던 P는 의상학과를 선택했다. 그 이후에는 각자 앞에 놓인 삶을 살아갔다. 비록, 청춘이라는 단

어 뒤에 비열하게 숨어 스스로를 학대하긴 했지만 어쨌거나 살아갔다
는 사실이 중요할 뿐이었다.

시간이 지나면서 P의 통금 시간도 느슨해졌고 술도 조금씩은 마실
수 있게 되었기 때문에, 우리는 이태원이나 홍대의 뒷골목에서 이따금
만나 청춘을 소비하곤 했다. 그는 마치 그리스인 조르바처럼 춤을 잘
추었고, 술을 먹으면 좀 더 진솔해졌기 때문에 대부분 즐거운 시간을
보낼 수 있었다. 하지만 X에 관한 이야기는 점점 범위가 좁아졌고 같
은 주제가 반복되곤 했다. 나 개인적으로는 하루키처럼 살아가기란 도
무지 불가능하다는 것을 깨닫게 되는 시기였고, P는 P 나름대로 사정이
있었으리라. 그러니까 우리의 청춘이 조금씩 낡아가는 만큼, 우리의 X
도 낡아가고 있었다.

③일생의 주제

이윽고 스물여덟이 되던 늦겨울, 오랜만에 P와 종로에서 만났다.
분명히 간판은 '참 맛있는 돈까스 집'이라고 단 집인데, 이상하게도 맛
은 참 없는 돈까스를 우적우적 씹어 먹으며 식사에 집중한 나에게 P는
기습 질문을 했다. "너는 평생 한 가지 주제만으로 뭔가 써야만 한다면,
뭐에 대해 쓸 거야?"라고. 이런 낯 뜨거운 질문은 서로 하지 않은지 꽤
오래되었고, 질문 자체가 말문을 턱 막히게 하는 구석이 있어서, 나는
"글쎄……" 하고 대답을 회피하고 있었다. 대답이 늘어지자, P는 특유

의 건방지면서도 단호한 태도로 "나는 사랑에 대해서 쓸 수 있을 것 같아"라고 말했다. 그리고 "한 달에 한 번씩, 원고지 20매 정도"라며 구체적인 분량까지 덧붙이면서 혀를 날름 내밀어 돈까스 한 점을 주워 먹었는데 그 모습이 몹시 꼴사나웠다.

확실히 '사랑'은 P의 주제였다. 도서관 앞 광장에서 그가 뱉어낸 방향을 잃은 많은 낱말들은 결국에는 사랑으로 귀결되곤 했기 때문이다. 나는 그의 끝이 없던 짝사랑과 외사랑실패한 짝사랑. 상대방이 짝사랑하는 이의 마음을 아는데도 불구하고 관심을 주지 않는 것들을 떠올려보았다. 과연 그것들은 로맨스였다. 예를 들어, 청결을 대단히 중요시하는 P가 술을 게워내고 있는 그 애의 입가를 친절히 닦아주고 뽀뽀까지 했다는 이야기에 난 까무러쳤고, 잔인했던 그 애가 회복 불가능한 상처를 남기고 떠났을 때 도망치듯 군대에 들어가던 그의 얼굴을 난 아직도 기억하고 있다. 그러니까 '사랑'이란 그가 열렬히 탐닉한 주제였고 동시에 결핍을 채우는 길이기도 했다. 나는 후식으로 나온 요구르트를 빨아먹으면서 뭔가 덧붙이려 했지만, 딱히 생각나는 말이 없어 그만뒀다. 여전히 애매모호했지만 P는 드디어 가야 할 길을 찾은 사람처럼 단단해 보였다.

이태원 우사단로 14길, 2013

그러곤 우리는 평소처럼 놀기 시작했다. 아는 친구들을 불러 술을 진탕 마시고 무희의 아들들처럼 춤을 춰대며 망가진 토요일을 공유했다. P는 또 사랑을 갈구하는 구애의 춤을 열심히 추고 있었다. 그렇게 새벽 4시 즈음, 나는 술이 잔뜩 오른 몸을 이끌고 야간 할증 택시를 타고 강변북로를 달리면서 P가 이야기한 사랑에 대해서 생각했다. 그래, 나의 주제는 뭘까. 수많은 사람들이 살아가고 사라지는 이 서울의 거리에서, 그들의 체취처럼 남겨진 낙서들을 모으는 일이 나의 주제가 될 수 있을까. 나의 결핍을 채워줄 수 있을까.

④다시 X

다시 이태원. 어느 뒷골목에서 스프레이로 대충 찌그려놓은 X자 낙서를 발견하곤 땅바닥에 쭈그려 앉아 사진을 찍었다. 그리고 그것을 바라보고 있었다. 나는 낙서를 수집하는 사람이었다. 대학을 졸업하고 창업까지 실패하고 나서 문득 나를 돌아보았을 때, 나는 낙서를 모아서 그것에 관한 글을 쓰고 있는 사람이었다. 처음에는 장난 같은 낙서가 주제였지만 차츰 그것을 통해서 나의 청춘을, '글쎄……' 같은 나의 20대를 주제로 글을 쓰고 있었다. 일반적인 궤도의 삶을 살아가지 못하는 스물여덟 살. 그래서 부모님께 죄송스럽고 고개조차 들 수 없는 마음을, 헤어지자는 그 여자애를 붙들 수 없는 한심함을, 불안하고 또 불안해서 결국 무섭기까지 한 시간들을, 뒷골목에 낙서하듯 적어가고 있었다. 나는 그렇게 점점 궤도를 이탈하고 있었다.

　하지만 이렇게 글을 쓰고 있노라면 나의 마음속 작은 하루키 씨가, 싸이월드의 거친 파도와 토익 점수의 거친 풍랑을 이겨낸 나의 기특한 하루키 씨가 점점 자리를 잡아가고 있다는 걸 느낄 수 있다. 드디어 어떤 무인도에 도착했다는 것을, 내 마음속의 하루키 씨가 잘 들리지 않지만 진심을 담은 목소리로 응원하고 있다는 사실을 나는 정말로 느낄 수 있다. 비록, 하루키적인 삶과는 멀어졌지만 계속해서 딴짓을 하라고, 네가 정말 좋아하는 일을 하라고, 그렇게 청춘을 소비하다 보면 언젠가 일생의 주제를 찾아낼 수 있을 거라고, 그리하여 좋은 삶을 살아낼 수 있을 거라고, 저 멀리서 응원하는 작은 하루키 씨의 목소리를 들을 수 있는 것이다.

　그렇게 나는 X자 낙서를 계속해서 쳐다보고 있었다. 낙서 주변의 나무가 바람에 흔들리고 있었고 공기는 물처럼 흘러가고 있었다. 그리고 이상하게도 나의 마음은 작은 하루키 씨와 함께 예감이 가득한 숲 그늘처럼 고요해져만 가고 있었다.

X

용산구 이태원로 244, 2013

청춘의 우정

Stop looking at me

나 좀 그만 봐

죄송해요.
자꾸만 눈길이 가네요.

용산구 이태원동 34-16, 2013

애증의 20년 지기

그래도 사랑해 LG트윈스

아르헨티나 영화 「엘 시크레토―비밀의 눈동자」는 25년 전 벌어진 비극적인 살인 사건의 범인을 추적하면서 일어나는 일을 다루고 있다. 많은 인물들이 얽히고설킨 이 흥미진진한 영화에서 내가 가장 인상적으로 본 장면은 어느 노형사가 자신의 수사 지론을 말하는 부분이었는데, 대충 대사가 이러하다.

"사람은 다 바꿀 수 있다. 이름, 얼굴, 경력까지 마음만 먹으면 다 바꿀 수 있다. 그러나 절대로 바꾸지 못하는 한 가지가 있다. 열정이다. 범인이 가지고 있는 열정을 파악하기만 하면, 언제든지 어디서든 잡을 수 있다."

그리고 살인범은 빅매치가 열리던 아르헨티나의 축구 경기장에서 잡힌다. 자신의 모든 걸 바꿀 수 있었지만, 열정 그 자체였던 축구 관람만은 그만둘 수가 없었던 것이다. 그 장면을 본 이후로, 나는 가끔 스스로에게 '너는 어디서 잡힐 것 같으냐'라고 자문해본다. 그런데 아무리 곰곰이 생각해봐도 답은 결국 하나다. 나는 야구장에서 잡힐 것 같다. 좀 더 자세히 이야기하자면, 한국시리즈 7차전이 열리는 서울 잠실야구장의 LG트윈스 응원석에서 잡힐 것이다. 세상 모든 걸 준다 해도 그 게임만은 놓칠 수 없기 때문이다. 나는 반드시 그곳에 있어야 한다. 다 바꿔도 이것만큼은 정말 어쩔 수가 없다.

나와 이 야구팀의 인연은 1994년, LG트윈스가 신바람 야구로 우승하던 해에 시작됐다. 아들이 서울 멋쟁이로 성장하길 바랐던 나의 아버지는, 어린 나에게 LG트윈스 유니폼을 상하의로 맞춰주고 자주 야구장에 데려가주시곤 했다. 정말 꼬마 때라 자세히 기억이 나지 않지만, 시야가 뻥 뚫리는 야구장에 줄무늬 유니폼을 입고 입장하면, 항상 두근두근 설레는 기분이었고 야구장의 형들과 삼촌들은 모두 나를 귀여워하곤 했다. 먹을 것도 주고, 응원가도 함께 부르고, 야구 룰에 관해 이것저것 상세하게 알려주기도 해서, 어린 나는 참으로 사랑받는 기분이었다. LG가 야구를 잘하던 시절엔 야구장의 모든 사람들이 싱글벙글 친절했다.

맨날 지냐 VS. 닥치고 무적 LG

잠실운동장, 2008

무적 LG트윈스프로야구단

LG 트윈스 사무실 앞, 2011

하지만 영광은 잠시, 그 뒤로 LG트윈스는 한 번도 우승을 한 적이 없다. 그중에서도 특히, 2002년 삼성 라이온즈와의 한국시리즈에서 국민 타자 이승엽에게 3점 홈런을 맞고 안타깝게 준우승에 그쳤을 때는, 나는 정말 세상이 무너지는 기분이었다. 나를 LG 팬으로 만들었으면서 정작 당신은 삼성 팬이었던 나의 아버지는 손뼉을 치고 눈물까지 흘리며 좋아하셨는데, 나는 반대로 울음을 펑펑 쏟아냈다. 너무 분해서 밤새 잠을 못 이뤘으며, 언젠가는 나의 LG트윈스가 꼭 복수를 해주리라 믿어 의심치 않았다. 물론, 그런 일은 그 뒤로 12년이 지났음에도 전혀 일어나지 않았다. 오히려 그 기간 동안 총 여덟 팀 중에 4등도 하지 못하는 비극적인 사태가 계속해서 벌어질 뿐이었다.

그러나 조기교육이란 참 무서운 법. 나는 매년 '올해는 다르다'라며 설레발을 떠는 LG트윈스에게 속아 시즌이 시작되는 봄이 되면, 마치 파블로프의 개처럼 잠실야구장에 달려가 설레는 마음으로 그들을 응원하고 있었다. 물론 LG 야구는 언제나 '올해도 다르지 않았'고, 처참하게 망가지기를 반복했다. 그렇게 비극이 계속되자 함께 야구장을 다니던 친구들이 하나둘씩 떠나고, 사람들은 도련님 야구공부하기 싫어하고 놀기 좋아하는 강남 도련님에 빗대어 트윈스의 야구를 조롱하는 말, 지식인이라면 쓰지 맙시다. 상처가 됩니다니, DTD Down Team is Down(떨어질 팀은 떨어진다)의 준말, 타팀 팬들이 매번 4강에서 떨어지는 트윈스를 조롱할 때 쓰는 말. 문화인이라면 쓰지 맙시다. 상처가 됩니다니 하며 LG와 그들의 팬들을 조롱하곤 했다. 하지만 나는 꿋꿋이 참아냈다. 나의 LG트윈스가 우승하는 장면을 꼭 내 두 눈으로 봐야만 했다. 귀여움을 받던 어린이가 군대를 전역하고, 대학을 졸업하여 결국 삼촌뻘의 나이가 될 때까지, 나는 그렇게 잠실야구장 한쪽에 쭈그리고 앉아 잘 기억도 나지 않는 94년의 영광을 그리워하며 보낸 것이다.

그리고 사람들은 더 이상 예전처럼 친절하지 않았다. 이기는 날보다 지는 날이 훨씬 많았으니, 우리들은 게임이 끝나면 고개를 푹 숙이고 재빨리 야구장을 빠져나가거나, 편의점 앞 노상에서 애꿎은 소주만 들이켜거나 했다. 불친절하고 어두운 나날이었다. 이런 분위기는 야구장 담벼락의 낙서에도 고스란히 드러났다. 감독과 선수들에 대한 강력한 비난이나, 이 팀의 팬이라는 게 한심하다는 식의 자조 섞인 농담과 조롱, 그리고 욕설이 섞인 분노의 낙서들이 난무했다. 그에 비해, 함께 잠실야구장을 쓰고 있는 두산베어스에 대한 낙서들은 훨씬 분위기가 밝고 부드러웠다. 그들은 지난 10년간 우리보다 훨씬 좋은 게임을 했고, 한국시리즈에도 여러 번 올라간 강팀이기 때문이다. LG트윈스는 낙서마저 약팀이었다.

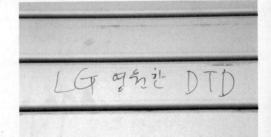

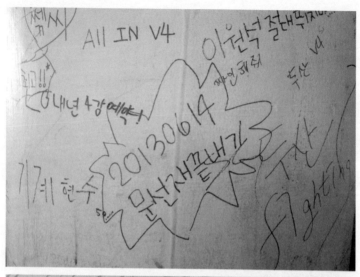

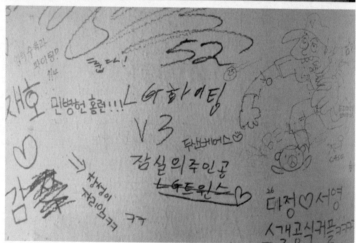

20130614 문선재 끝내기
LG화이팅 V3 잠실의 주인공

잠실야구장 3루 쪽 입구 앞 기둥, 2013

그런데, 2013년. 야구장의 낙서들이 조금씩 긍정적으로 변하기 시작했다. 야구를 잘했기 때문이다. 시즌 초반 역시나 고전을 면치 못하던 LG의 야구가, 5월부터 거짓말 같은 대반격을 시작하더니, 6월과 7월에 몇 번의 기적 같은 승리를 일궈내고, 마침내 9월에는 삼성 라이온즈를 누르고 잠시 1위를 차지했으며 그토록 염원하던 4강 진출도 이뤄냈다. 가슴 벅차게도 20년 만에 순풍이 다시 불고 있었다. 그리하여 우리의 야구장은 다시 밝고 친절한 분위기로 변하기 시작했다. 게임이 열릴 때마다 연일 만원사례를 기록했고, 야구를 끊었던 친구들이 다시 야구장에 가자고 연락해왔으며, 담벼락에는 희망에 가득 찬 낙서들이 채워졌던 것이다.

그리고 대망의 10월 5일. LG트윈스는 시즌 마지막 게임에 오랜 라이벌, 두산베어스를 만나 만화에나 나올 법한 역전승을 하고 페넌트레이스 2위로 시즌을 마감했다. 실로 가슴이 뜨거워지는 순간이었다. 잠실야구장이 넘실대며 울었고, 나의 오랜 형들과 삼촌들이 목 놓아 울었으며, 나도 그 자리에서 오열했다.

그러나 2013년에도 LG트윈스가 한국시리즈에 진출하는 일은 없었다. 준결승전에서 또다시 두산베어스를 만나, 이번에는 맥없이 지고 말았던 것이다. 사실 맥이 없기도 했거니와 좀 비참하게 졌다. 아마도 10년이 넘게 그런 크고 중요한 게임은 해본 적이 없으니 그럴 수밖에 없었으리라. 그리고 나는 깊은 패배감에 다시 한 번 세상이 무너지는 경험을 했다. 그래서 그날 이후로 약 2주간, 인터넷과 신문, 그리고 TV 등 야구와 관련된 소식을 접할 수 있는 모든 것을 끊었다. 야구와 관련된 것을 우연히라도 보게 된다면 가슴이 아파 견딜 수가 없었기 때문이다.

확실히 야구를 끊으니, 시간이 남아 이것저것 문화생활을 많이 하게 됐다. 영화도 많이 보고, 쌓아둔 책도 읽게 되고, 친구를 만나 대화를 하는 등 생산적인 일을 하게 된 것이다. 하지만 좀 우울했다. 모두 내가 좋아하는 취미 생활이었지만, 진짜 나의 취미는 야구 관람이었고, 경찰에 쫓기더라도 반드시 가야 하는 곳이 잠실야구장이었으며, 열 손가락 깨물어 유독 아픈 손가락이 LG트윈스였기 때문이다. 조기교육이란 실로 무서운 것이다.

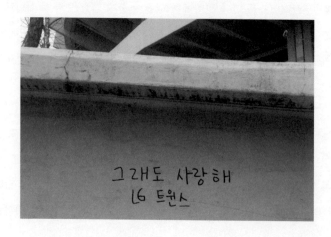

결국 삼성의 우승으로 2013 시즌이 끝나고, 분한 마음도 좀 누그러 졌던 지난 12월, 나는 다시 잠실야구장을 찾았다. 지난 10년과는 다르게, 여기저기 희망이 섞인 낙서들이 보였다. 그중에서도 나의 마음을 울렸던 것은 바로 저 낙서, '그래도 사랑해 LG트윈스'였다.

확실히 LG트윈스가 그동안 야구를 좀 심하다 싶을 정도로 못했지만, 사실 그들이 이기고 지고는 별로 중요한 문제가 아니었을지도 모른다. 나는 그들을 포함한 잠실야구장의 모든 것을 사랑했고, 그들은 내가 어린이에서 청년으로 성장하는 20여 년간 변함없이 같은 자리에서 나를 지켜봐왔다. 신나는 마음으로 여자친구를 데려왔다가도, 다시 쓸쓸하게 혼자만 오는 모습을 봤고, 군대 가기 이틀 전에 머리를 빡빡 밀고 시무룩하게 앉아 있는 모습을 봤으며, 나중에는 예비군 복장으로 만취하여 진상 부리는 모습까지 모두 다 조용히 지켜봐왔다. 그들은 나에게 애증의 대상이자 생활이었고, 묵묵한 아버지이자 가장 좋은 친구였다.

1년 중 내가 제일 좋아하는 날은, 꽁꽁 언 날씨가 좀 풀리는 3월 초쯤에 잠실야구장에서 열리는 시범경기를 보러 갈 때다. 사람이 드문드문한 그곳에서 홀로 차가운 캔맥주를 따 마시며, 마음 느긋하게 좋아하는 야구를 실컷 보고 있노라면 정말로 행복해지기 때문이다. 하루키 말마따나 '작지만 확실한' 행복이다.

　너는 어디서 잡힐 것 같느냐…… 그래, 나는 한국시리즈가 열리는 잠실야구장, LG트윈스의 응원석에서 잡힐 것이다. 아마도 게임이 시작하기도 전에 훌쩍훌쩍 울고 있는 모습으로.

*처음에 이야기한 "너는 어디서 잡힐 것 같냐"라는 질문을, 나는 스스로뿐만 아니라, 주변의 많은 사람들에게 종종 하는 편이다. 이 질문은 알코올이 조금만 들어가면, 답하는 사람에게서 속 깊은 이야기를 끌어낼 수 있기 때문이다. 그리하여 나는 많은 사람들에게 이 질문을 한 만큼, 그들의 다양한 인생과 그에 얽힌 장소에 대한 이야기를 들을 수 있었다. 잠실야구장이라 답한 나 자신이 좀 쑥스러워질 만큼……. 그렇다면 이 글을 끝까지 읽은 당신은 어떤가? 당신이 도저히 포기하지 못하고 꼭 가야만 하는 장소는 어디인가?

시범경기가 열리는 3월의 잠실야구장

송파구 잠실동 10번지, 2011

말하는 벽

나 니가 땡겨

야
구
보
다

더

광진구 아차산로 33길 커피마켓, 2013

청춘의
사랑

짝사랑 : 아름이와 민우 I

봄, 너를 봄

노력하는 순정 : 아름이와 민우 II

짝 사 랑

종강파티 로맨스(아름이와 민우 I)

과 대표가 2학기 종강파티를 한다며 회비 15,000원을 달라고 말을 걸었다. 민우는 선배도 남자, 후배도 남자, 동기도 남자, 조교도 남자, 그리고 교수님까지 남자인 이 지옥 같은 공대에서 종강파티라는 것이 도대체 무슨 의미일까 생각했다. 민우는 속으로 치를 떨고 있었지만, 과 대표 형은 화가 나면 무서우니까 적당히 거절할 방법을 찾고 있었다. 그 어색한 순간에 과 대표가 한마디 덧붙였다. **"아름이도 온대."**

민우는 빠르고 정확한 움직임으로 지갑에서 15,000원을 꺼내 과대표에게 쥐어주고 항상 수고가 많다며 악수를 청했다. 공대의 모든 남자들이 그러하듯 민우도 아름이를 짝사랑하고 있었다.

퀴퀴한 술집에서 우렁찬 건배 제의가 몇 번이나 도는 동안, 민우는 적당히 취해 있었고 습관처럼 아름이를 훔쳐보고 있었다. 그녀는 이 종강파티가 한없이 지루하다는 것을, 공대 여신들만이 취할 수 있는 나른한 태도로 보여주고 있었다. 민우는 호기롭게 아름이가 있는 테이블로 자리를 옮기고자 마음먹었다. 그날따라 달게 느껴진 소주 덕분이었는지 어설픈 용기를 낼 수 있었던 것이다. 이런 허접한 용기를 내는 데만도 들고 있는 소주잔이 덜덜 떨려서 부끄러웠지만 민우는 꼿꼿하게 아름이가 있는 환한 자리로 걸어갔다.

민우는 아름에게 한 학기 내내 우리가 함께 들은 강의가 얼마나 많은지 알고 있었느냐고, 그럼에도 불구하고 단 한 번도 같이 조별 과제를 해보지 못했으니 우습지 않느냐고 가볍게 대화를 시작할 생각이었다. 그리고 더 나아가서 아름이 네가 MT에 가지 않는다고 선언했을 때, 우리가 모두 함께 입고 너의 참여를 독려했던 'I ♥ 아름' 티셔츠가 사실은 내가 사비를 털어서 만든 것이라고 귀엽게 고백할 작정이었다. 다들 옆방에 여대가 왔다는 소식을 듣고 우르르 너의 곁을 빠져나갔을 때, 비록 술 먹고 뻗어서 움직일 수 없는 몸이었지만 나만은 네 옆을 지키고 있었다는 유머를 곁들이면 좋을 것 같았다. 그리하여 아름이가 조금이라도 웃어준다면, 종강 특집으로 나와 영화 한 번 봐달라고 구걸할 수 있으리라 믿었다. 때마침 기성용이 선발 출장한 잉글랜드 프리미어 리그가 시작되었기 때문에, 아름이의 테이블 앞자리는 비어 있었다.

하지만 민우는 아름이 앞에서 한마디도 할 수 없었다. 목구멍에서 첫 음절을 꺼내보려고 필사적으로 노력했지만 도무지 나오지 않았다. 얼굴이 벌겋게 달아오르고 땀이 주룩주룩 흐르는 그날의 민우를, 아름이는 요상하다는 눈으로 쳐다보기만 할 뿐 말을 걸어주지는 않았다. 수려한 외모에 화려한 언변으로 유명한 선배 P가 찾아와서 아름이에게 말을 걸기 전까지 민우는 그렇게 안절부절 땀을 흘리고 있었다. 그 선배의 되도 않는 유머에 아름이는 연신 까르르 웃었고, 자리의 긴장감은 자연스럽게 풀렸다. 민우는 더 이상 얼굴이 벌겋게 달아오르지도 땀이 흐르지도 않았지만, 여전히 한마디도 하지 못하고 쭈구리처럼 앉아 홀짝홀짝 소주만 마시고 있었다.

기성용 선발 경기의 전반전이 끝나고 술집이 다시 북적북적 시끄러워질 즈음에 민우는 화장실 변기와 사투를 벌이고 있었다. 소주를 평소 주량보다 과하게 먹은 것이 문제였다. 한참 동안 속을 게워내고 민우는 변기 뚜껑을 닫고 그 위에 가만히 앉아 벽을 바라보고 있었다. 자신이 참 병신같이 느껴졌다. 이대로 아름이는 포기하고 콱 어학연수나 떠나버릴까, 혹시 그곳에서 금발의 여자친구를 만나 그녀를 잊을 수 있지 않을까 생각했지만, 아름이의 아름다운 미소를 떠올리니 그건 불가능할 것 같았다. 다시 한 번 참 자신이 병신같이 느껴졌다.

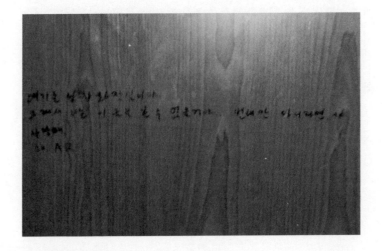

여기는 남자 화장실이야……
그래서 너는 이 글을 볼 수 없을 거야……
변태만 아니라면……
사랑해
to. A.R.

홍대 감성술집 티.뽁 남자 화장실, 2010

　　그렇게 비참한 기분으로 화장실 벽을 쳐다보고 있다가, 민우는 주섬주섬 주머니에서 네임펜 하나를 꺼내 낙서를 끼적이기 시작했다. 낙서를 하는 동안 민우의 마음은 조금씩 누그러졌고, 낙서를 완성하고 나서는 이상하게 뿌듯한 기분마저 들었다. 이윽고 민우는 아름이를 제외하곤 선배도 남자, 후배도 남자, 동기도 남자, 조교도 남자, 그리고 교수님도 남자인 학과의 종강파티를 마무리하러 화장실을 나왔다. 아름이는 집에 간 듯 보이지 않았고, 기성용의 승리를 바라는 건배 제의가 새롭게 시작되고 있었다.

총각에게

조준도 잘 좀 부탁해.
복 두 번 받을꼐!

송파구 송파동 15-8 버거킹 화장실, 2013

봄, 너를 봄

부산에서 찾은 봄

동서울터미널에서 출발한 부산행 심야버스가 캄캄한 도로를 묵묵히 달리고 있었다. 네 시간 반쯤 걸리는 장거리 운행에 승객들은 숙면을 취하고 있었지만, 나는 많이 설레고 조금은 초조하여 쉽게 잠들지 못하고 있었다. 잠시 정차한 두 번째 휴게소에서 스트레칭을 하고, 따뜻하게 데워진 핫바를 우적우적 씹어 먹으면서도, 나의 가슴은 쉬지 않고 빠르게 뛰고 있었다. 나는 그녀를 만나러 가고 있었다. **좋아한다 말하러 가고 있었다.**

봄
너를 봄♡

광진구 아차산로 33길 커피마켓, 2013

버스는 한참을 더 달려 새벽 5시 즈음에야 부산 노포동에 도착했다. 24시 맥도날드에서 간단하게 끼니를 해결하고 B대학교로 출발했다. 걷는 동안 '9와 숫자들'의 노래를 들으며, 미리 준비한 토이카메라로 새벽의 부산을 구석구석 촬영했다. 렌즈에 집중적으로 담으려 했던 피사체들은 그녀의 취향을 반영한 것들로, 조심스러운 길고양이들과 빨간색 우편함, 자판기에서 갓 뽑은 밀크커피 등이었다. 지금은 서울에 사는 그녀는 졸업식에 참석하기 위해 잠시 부산에 내려와 있었고, 나는 그 졸업식을 기념해 그녀의 모교와 그곳에 가는 길의 정경을 찍어 토이카메라와 함께 선물할 생각이었다.

사진을 찍으면서 천천히 한 시간쯤 걷고, 지하철을 타고 두 정거장을 더 가니 목적지에 도착할 수 있었다. 약속 시간까지는 아홉 시간가량 남아서, 근처 대중목욕탕에서 개운하게 씻고 잠시 눈을 붙였다. 목욕탕에는 아무도 없었기 때문에, 수도꼭지에서 떨어지는 물방울이 멀리 퍼지는 소리를 들으며 죽은 듯이 잘 수 있었다. 그러곤 사진관에 가서 필름을 인화했는데, 노출이 부족하여 아무것도 찍히지 않았다는 사진관 아저씨의 친절한 설명을 들을 수 있었다. 아저씨는 토이카메라로 인화하려면 밝은 낮에나 찍어야 한다고 덧붙였다. 망했다 싶었다.

이대로 포기할 순 없었기 때문에, 필름을 갈아 끼우고 다시 사진을 찍기 시작했다. 이번에는 B대학교 주변과 그녀가 다니던 단과대학 건물을 주로 찍었다. 시간을 들여 아주 세심히 촬영했음에도 약속 시간은 오지 않아서, 나는 초조한 마음을 달래러 해운대에 구경을 가기로 했다. 늦겨울이라 사람이 드문드문한 백사장에 앉아 끝없는 바다와 잘게 부서지는 파도를 바라보며 '확실히 바다는 좋구나'라고 생각했다. 그렇게 오랜 시간 앉아 있었다. 그런데 불현듯, 싫다고 하면 어쩌나, 나에게 주었던 그녀의 은밀한 암시들이 사실은 아무것도 아니었으면 어쩌나, 그래서 이 내 마음을 부담스러워 하면 어쩌나, 하는 생각이 들었다. 그 기분 나쁜 예감들은 끝없이 이어졌고 이내 몹시 불안해진 나는 저 너른 바다 앞에서 형편없이 작아지고 있었다.

그렇게 몸과 마음이 지쳐 어쩐지 나른한 기분까지 들 즈음, B대학교 앞 번화가에서 그녀를 만날 수 있었다. 맑은 얼굴에 밝은 미소를 띠며 "진짜로 왔네?" 하고 나를 반겨주었을 때, 그녀는 봄처럼 반짝반짝 빛나고 있었다. 그 모습에 나는 잠시 정신이 아득해졌고, 그다음에는 너무 좋아하는 표정을 티내지 않기 위해 노력했다.

우리는 그녀가 평소 자주 가던 카페에 들어가서 당근 케이크와 따듯한 라테를 나눠 마셨다. 나는 보통 당근이 들어간 음식은 싫어하고 5시가 넘으면 커피도 먹지 않지만, 그날만큼은 진심으로, 맛있게, 기쁜 마음으로, 그것들을 즐기고 있었다. 그 뒤에는 그녀에게 내 부산 여행의 결과물을 보여주었다. 사진을 찍었으나 노출이 부족해서 새벽에 찍은 것들이 모두 날아갔다고 말했을 때, 그녀는 내가 좋아하는 밝고 명랑한 목소리로 크게 웃어줬고, B대학교를 찍은 사진첩과 토이카메라를 선물할 때는, 진심으로 고마워하며 사진 한 장 한 장을 유심히 관찰하고 평가해주었다. 자신이 느낀 감정을 충실히 표현할 줄 아는 그녀가 좋았다.

그리고 날은 좀 어둑해졌고, 우리는 '목요일 날에'라는 주점에서 뜨거운 정종을 마셨다. 알코올의 힘을 빌려 고백하는 것은 왠지 좀 비겁하다고 생각했지만, 이맘때쯤 내 가슴은 터져버릴 것 같았기 때문에 어쩔 수 없었다. 그렇게 고백했다. 뇌에서 생각하는 것과 입에서 나오는 말이 달라 망했다는 예감이 다시 한 번 들었지만, 어찌 됐든 내 마음은 전한 것이다. 영원 같은 몇 초가 흐르고, 그녀는 내가 좋아하는 그 미소로 봄처럼 웃으며, 좋아.

좋아.

이 사진 글씨는 말만 생각한다, 2010

좋아, 라고 했다. 그러니까. 그녀가 좋아, 라고 했다. 심장이 멎었다. 어떠한 말로도 표현하지 못할 뜨거운 감정이 올라왔다. 이렇게 들끓어오르는 사랑에 관해서 나는 들어본 적도 없고, 배워본 적도 없었다. 어떤 말을 해야 할까. 어떤 표정을 지어야 할까. 나는 그저 떨리는 심정으로 식은 정종을 한 모금 마실 뿐이었다. 그녀는 그 짧은 순간, 아무 말도 할 수 없었던 나를 바라보며 싱그럽게 웃고 있었다. 가까이 다가가면 연한 아기 냄새가 나는 그녀가, 그리하여 내가 오랜 시간 좋아했던 그녀가 따듯한 부산의 봄처럼 웃어주고 있었던 것이다. 알코올이 시간을 들여 나를 데워준 덕분으로, 나는 정신을 차리고는 그녀에게 무언가 말하기 시작했다. 지금까지의 떨림과 좋아함, 그리고 약속과 다짐 같은 것들을 이야기했던 것 같다.

그렇게 우리는 상호에 목요일이 들어가는 그 주점에서, 오랜 시간 많은 이야기를 나눴다. 가슴은 두근두근, 무슨 말들을 그리 오래 떠들었는지 지금은 잘 생각나지 않지만, 따듯하기만 한 예감들이 가득한 시간이었고 많이 웃었으며, 당근 케이크처럼 달달하기만 했다. 이윽고 밤 11시가 되었을 때, 나는 택시로 그녀를 집 앞까지 데려다주고, 서울에 올라오면 언제 어디서 만날지 약속한 다음, 다시 그 택시를 타고 부산역 버스 터미널로 향했다. 캄캄하던 부산의 밤 도로는 터미널에 도착할 즈음 요란하게 빛나고 있었다.

서울행 심야버스에 올라탈 때까지도, 나의 심장은 여전히 빠르게 뛰고 있었다. 좀 진정하기 위해 터미널에서 산 차가운 코카콜라를 들이켜고 구운 계란 한 개를 까먹으면서, 아이팟을 꺼내 다시 '9와 숫자들'의 노래를 들었다. 어쩐지 다른 노래였다. 같은 밴드의 같은 곡이었고, 새벽에도 줄곧 듣던 것이었지만, 더 풍성하고 서정적인 멜로디로 마음 속에서 녹아내렸다. 어느 부분에선 뭉클해지기까지 했다. 충만한 시처럼 들렸던 그 노래에 스며들면서, 나의 심장은 마침내 평소처럼 뛰기 시작했고, 이내 깊은 잠에 들 수 있었다. 심야버스는 어제처럼 묵묵히 달리고 있었고, 버스 안은 고요했다. 그렇게 나는 부산에서 한가득 봄을 찾아 서울로 돌아오고 있었다. 따듯하고 친절한 계절이 머리 위에 쏟아지고 있었다.

쿠쿠쿠쿠쿠쿠

그리고 세계는 멸망했다.

종로구 내수동 부근 어느 골목, 2013

;

너를 위해 무엇이든
다 하겠다는 **저 박력**은
얼마나 근사한가.

마포구 서교동 어느 골목, 2012

노력하는 순정

너에게 보내는 첫 번째 편지(아름이와 민우 Ⅱ)

아름이가 보기에 민우는, 삶에 대해 좀 건조한 태도를 가진 대학 친구였다. 커플티를 입고 캠퍼스를 배회하는 연인들을 보면 기겁함과 동시에 비난을 퍼부었고, 학교 축제 때 귀여운 걸그룹이 와도 "나와 사귈 일 없다"라며 자기 할 일을 계속하는 타입이었다. 만날 천날 후드티를 뒤집어쓰고, 귀에는 이어폰을 꽂고 걸어 다녔으며, 컨셉인지 진짜 읽는 것인지는 모르겠지만 항상 손에는 읽기 어려워 보이는 책이 들려 있었다. 커피도 값이 싸서인지 몰라도 언제나 진한 아메리카노만 마셨다. 그러니까 말랑말랑한 감성의 아름이가 보기에 민우는 자기와는 전혀 다른 차원의 사람이었던 것이다. 그런데, 신비롭게도 아름이와 민우는 공대의 유명한 커플이 되었다. **전혀 달리 보이는 이 두 사람의 극적인 연애는 어느 금요일에 묘하게 시작됐다.**

;   사람이 온다는 건
       사실
       어마어마한 일이다

서울 남산 N타워, 2012

사건은 학교 도서관의 Audio Video실에서 발생했다. 아름이는 구하기 힘든 영화나 외국 드라마 DVD가 가득하고, 오후 6시 이전이면 언제든지 그것들을 빌려볼 수 있는 도서관의 그 공간을 무척 좋아했다. 금요일 수업이 없던 아름이는, 그날도 잔뜩 미드나 볼 요량으로 AV실에 갔던 것이다. 그런데 사람이 드문드문한 그곳에 민우가 홀로 열심히 영화를 보고 있었다. 아름이는 별로 신경 쓰지 않았다. 그저 이해할 수 없는 제3세계 영화나 보고 있겠지, 정도의 생각뿐이었다. 아름이는 민우의 얼굴이 슬쩍 보이는 곳에 자리를 잡고, 저번 주에 보다 만 「더 오피스 US」 시즌 4 DVD를 플레이어에 넣었다.

한참 그 웃픈 드라마를 시청하고 있을 때, 문득 아름이는 민우가 있는 자리 쪽에서 좀 이상한 기운을 느끼고는 고개를 들어 그를 보았다. 그러곤 정말 꼴사나운 광경을 목격하게 되었는데, 그 건조한 민우가 영화를 보며 흑흑거리며 울고 있었던 것이다. 아름이는 무척 당황스러웠지만, 모른 척해주는 것이 좋을 것 같아 성급히 고개를 돌렸다. 도대체 무슨 영화를 보고 있기에 저 곰 같은 놈이 저렇게 울고 있을까…… 무척 궁금했지만 직접 물어보면 서로 민망해질 것 같아 그저 보던 드라마를 계속해서 봤다.

그러나 아름이가 세 편의 에피소드를 시청하는 긴 시간 동안에도, 민우는 계속해서 흑흑 소리 내며 울고 있었다. 평소 호기심이 왕성한 아름이는 도대체가 궁금해서 안 되겠다 싶어 민우가 있는 자리 쪽으로 다가가 앉았다. 마음 놓고 울고 있던 민우는 옆에 아름이가 있다는 것을 깨닫고 소스라치게 놀랐으며, 아름이도 민우가 보고 있던 영화가 차태현, 손예진 주연의 「첫사랑 사수 궐기대회」였단 사실에 까무러치게 놀랐다.

민우는 오늘 본 건 절대 비밀로 지켜달라며 아름이에게 커피를 샀다. 역시 아메리카노였다. 그리고 기숙사 쪽으로 걸어가면서, 왜 울었는지 몹시 궁금해하는 아름이에게 찬찬히 자신의 상황을 설명해주기 시작했다. 민우는 일단, 자기가 본래 때와 장소를 가리지 않고 울음을 터뜨리는 종류의 사람은 아니라고, 오히려 좀 메마른 타입이라고 해명했다. 하지만 자신의 의지와는 상관없이, 정말로 어쩔 도리 없이 눈물이 터지는 한 가지 테마가 있는데, 그것이 바로 '노력하는 순정'이라고 했다.

계룡역, 2014

노력하는 순정이란 '자신이 진심으로 사랑하는 사람을 기쁘게 하기 위해, 불가능하거나 위험해 보이는 일에 서슴지 않고 도전하며 노력하는 남자의 순정'이라고 믿우는 정의했다. 한데 자신이 오늘 우연치 않게 본 「첫사랑 사수 궐기대회」는 시작부터 그런 테마로 진행되었고, 워낙 차태현이 그런 연기에 적합한 캐릭터라 창피한 줄도 모르고 내내 눈물을 흘렸다는 것이다. 특히 영화 초반부에 전교에서 꼴등 하던 차태현이 "서울대에 가면 그녀와 사귀게 해주겠다"라는 장인의 말에, 코피까지 흘리며 열심히 공부해 결국엔 서울대에 입학하는 장면에선 거의 오열했다고도 이야기했다. 자신도 그것이 빤한 최루성 멜로 영화라는 것을 알지만, 이 테마 앞에선 도무지 어쩔 수가 없다는 것이다.

그리고 길을 걸으면서 만난 '록스타 낙서'를 보면서, 저기에도 '노력하는 순정'이 담겨 있다고 설명해줬다. '그녀와 결혼을 하기 위해 자신은 록스타가 되어야 하고, 그걸 이루기 위해 밤마다 비밀스레 피나는 기타 연습을 하는 순정남'이 머릿속에 떠올라 울컥한다는 것이다. 아름이는 열심히 자신의 눈물을 변호하는 민우를 보면서, 이 곰같이 무던하게 생기고, 항상 건조해 보이기만 하던 사내가 사실은 의외로 귀여운 구석이 있다는 사실에 조금 웃음이 났고, 그다음에는 이 특정 로맨스에 약한 남자와 만나게 되면 어떨까 궁금해졌다.

이건
진짜 비밀인데
난 '록스타'가 될 꺼야
언젠간
그리고 너랑 결혼할 꺼야

- 힘내요!

홍대 앞 서교동, 2013

그 이후로 금요일만 되면, 아름이와 민우는 종종 도서관 AV실에서 만나게 되었고, 나중에는 밥도 같이 먹고 아메리카노도 나눠 마시곤 했다. 이런 과정에서 아름이는, 민우가 시니컬한 면은 있지만 자세히 알고 보면 무척 자상하고 듬직한 타입의 남자라는 사실을 알게 되었다. 또, 커플 티나 사랑 노래는 유치하고 부끄럽다며 싫어하면서, 정작 「노트북」이나 「포레스트 검프」 같은 영화를 보면서는 몰래 눈물을 훔치는 양면적인 모습에 점점 매력을 느끼기 시작했다. 그렇게 몇 번의 AV실 데이트가 이어지면서 아름이는 자신이 민우를 꽤 좋아하고 있다는 것을 알게 되었다. 그리고 얼마 뒤 민우가 사실은 오랜 시간 널 짝사랑했었다며, 자신이 손수 만들었다는 'I ♥ 아름'이 새겨진 티셔츠를 선물하던 날, 둘은 사귀기 시작했다.

그렇게 민우와 아름이가 하루하루 설레며 서로를 알아가던 어느 겨울날, 서울에는 밤새 눈이 내렸다. 하필이면 그다음 날 오전 9시 수업이 있던 아름이는, 사나운 겨울바람이 부는 캠퍼스에서 수북이 쌓인 눈들과 한바탕 사투를 벌여야 했다. 하지만 다행히도 강의 시간보다 이르게 도착할 수 있었고, 자판기에서 따뜻한 밀크커피 한 잔을 뽑아 마시며 한숨을 돌릴 수 있었다. 그때, 민우에게서 문자가 왔다. 혹시 강의실이면 창밖으로 운동장을 한번 보라는 내용이었다. 무슨 일일까. 아름이는 들고 있는 자판기 커피를 호호 불며 운동장이 보이는 창문 쪽으로 걸어갔다.

그 겨울의 운동장에는, 민우의 '노력하는 순정'이 있었다.

가로 110미터, 세로 70미터의 학교 대운동장에는, 거대한 하트 무늬와 함께 '너에게 쓰는 첫 번째 편지'라는 글자가 또렷하게 적혀 있었다. 민우는 밤새 내리는 눈을 보면서, 아름이에게 첫 번째 편지를 써야겠다고 결심했던 것이다. 그리하여 모두가 잠든 새벽에 홀로 일어나, 밀대 하나를 들고 아름이의 강의실에서 잘 보이는 대운동장에 낙서를 하기 시작했던 것이다. 날씨는 생각보다 더 춥고, 운동장은 예상했던 것보다 훨씬 더 거대했지만 민우는 자신의 사랑만큼이나 큰 하트를 다 그릴 때까지 멈추지 않았다. 엄청나게 고생스러웠지만, 이 편지를 보고 좋아할 아름이를 떠올리면 사실 이건 고생도 아니라고 생각했다. 민우는 그저 이어폰에서 흘러나오는 「첫사랑 사수 궐기대회」 OST에 리듬을 맞추며 하트를 완성할 뿐이었다.

♡ 너에게 쓰는
첫
번
째
편지

그
크고 사랑스러운 편지를 바라보면서
아름이의 가슴은 뜨겁게 뭉클해졌다.
예의 그 후드티를 뒤집어쓰고 씩씩거리며 밀대를 밀었을
민우의 모습이 떠올랐기 때문이다.
아름이는 드디어 민우가 말하던 '노력하는 순정'에 대하여
온전히 이해할 수 있었고, 자신이 그 순정의 상대가 되었다는
사실에 감격스러웠다. 진심으로 사랑받고 있다는 것이 느껴졌고,
그 순간 순수하게 행복해지는 자신을 보았다.

아름이는 운동장에 조그맣게 보이는 민우가 자신을 향해 손을 흔들고 있는 것을 발견했다. 아름이는 그곳까지 한달음에 달려가 그를 꼭 안아주었다. 아름이와 민우는 긴 시간 동안 그렇게 하고 있었다. 아름이는 작게 속삭이는 목소리로 사랑해줘서 정말 고맙다고 했고, 민우는 이건 아무것도 아니다, 앞으론 더 어마어마한 사랑을 줄 것이라며 허세를 부렸다. 그 어이없이 당당한 허세가 또 고마워서 아름이는 훌쩍훌쩍 울었다. 언제나 '노력하는 순정'에 취약한 것은 민우였지만, 그날 눈물을 흘렸던 사람은 아름이었다.

그 첫 번째 편지 이벤트 이후로도, 민우는 여전히 후드티를 뒤집어쓰고, 귀에는 이어폰을 꽂고 다녔으며, 손에는 컨셉인 것이 확실한 어려운 책이 들려 있었다. 또 걸그룹에는 계속해서 관심이 없었으며, 말이 없는 것도 바뀌지 않았다. 다만 다른 것이 있다면, 조잘조잘 잘도 떠드는 귀여운 아름이와 언제나 함께 걷는다든가, 아메리카노 대신 아름이가 추천해준 달달한 종류의 커피들을 먹어보는 정도였다.

하지만 민우의 순정은 끊임없이 노력했다. 멀리 이태원까지 가서 7,200원짜리 호두파이를 사오거나 직접 만든 청포도 주스를 건넸고, 아침 등교 시간을 5분 줄일 수 있다면서 작은 자전거를 생일 선물로 사주기도 했으며, 며칠 밤을 새워 아름이의 개인 홈페이지를 만들어주기도 했다. 모두 아름이가 지나가며 한 말들을 조용히 기억해뒀다가 진행한 이벤트들이었다. 그럴 때마다 아름이는 소소하게 가슴이 따뜻해졌고, 민우는 말없이 의기양양한 표정을 짓곤 했다.

　이렇게 하여 전혀 어울리지 않을 것 같은 민우와 아름이는 공대에서 가장 유명한 커플이 된 것이다. 다시, 서울에 함박눈이 내리고 있었다. 아름이는 민우의 패딩점퍼 주머니에 손을 넣고 다시 조잘조잘 떠들었다. 민우는 여전히 말이 없었다.

말하는 벽

파수꾼

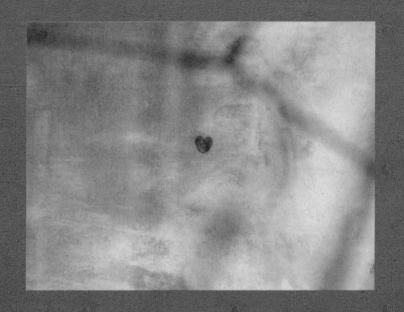

당신을 안을 수 있다면,
아침에 빛나는 먼지들을 머금고
함께 일어날 수 있다면,

내가 당신을 얼마나 소중하게 다룰지.
당신은 상상조차 하지 못할 것입니다.

동숭동 골목 어딘가, 2013

에이 바보

말 많은 고양이님
어릴 적 아파트
엉거주춤, 낙서 수집

최승ㅋㅋ

말 많은 고양이님

고양이의 낙서가 있는 담벼락

내가 아주 어렸을 때, 동네에 돌아다니던 미친개한테 '거의' 물릴 뻔한 적이 있었다. 나는 그저 조용히 놀이터에서 놀고 있었을 뿐인데, 갑작스레 미친개가 나를 향해 돌진해온 것이다. 나는 나라를 잃은 사람처럼 울부짖으며 집으로 도망갔고, 다행히 집에 있던 아빠한테 꼭 안겨서 나의 억울함과 그 미친개의 포악함을 상세히 고했다. 훌쩍훌쩍 울면서 안겨 있던 그날, **아버지의 품은 특히 따뜻하고 안전했던 기억이 난다.**

아무튼 그 사건 이후로 나는 모든 종류의 동물들을 무서워하는 사람이 되었다. 특히 새 종류, 그중에서도 닭, 닭의 구성 요소 중에서도 닭발을 제일 무서워한다. 그러니까 나는 매콤한 닭발에 소주 한잔하자고 꾀는 사람들을 몹시 꺼리는 것이다. 하지만 나이를 먹어가면서 귀여운 동물들의 이야기를 듣거나, 사진과 영상 등으로 보는 것은 나름대로 좋아하게 되었다. 그러나 실제 상황에서는 절대로 그들을 가까이서 쳐다볼 수도, 만질 수도 없다. 동물들에 대해서, 나는 편협한 인간으로 살아왔다.

그러던 어느 주말, 음식물 쓰레기를 처리하면서 나는 몹시 공포스럽고 부끄러운 경험을 하게 되었다. 그날도 평소처럼 '어떻게 하면 손에 묻히지 않고 쿨하게 음식물 쓰레기를 버릴 수 있을까'를 고민하면서 아파트 분리수거장으로 걸어가고 있었는데, 발을 헛디뎌 음식물 쓰레기가 들어 있는 비닐봉지를 쏟아버리고 만 것이다. 나는 황망하게 앉아 널브러진 쓰레기들을 지켜보면서 도무지 이것들을 어떻게 처리해야 하나 생각하고 있었다. 그 순간, 내 앞으로 길고양이 한 마리가 조심스럽게 걸어 나왔다. 그는 우리 아파트에 오랫동안 살고 있는 터줏대감으로, 많은 주민들의 사랑을 듬뿍 받아 통통한 자태를 유지하는 길고양이였다. 사람을 무서워하지 않는 그 길고양이를 마주하자 나는 어린 시절 경험한 미친개를 떠올릴 수밖에 없었다.

길고양이는 내가 흘린 음식물 쓰레기를 원했고, 나는 빨리 그것들을 치우고 싶었다. 이해관계가 다른 우리는 한동안 대치 국면을 유지하고 있었다. 내가 먼저 용기를 내서 "저리 가 (주세요)!"라고 소리쳤고 위협하기도 했다. 길고양이는 잠시 자리를 피하는 척했지만 불과 몇 발자국 뒤로 물러섰을 뿐, 나를 쳐다보며 "야옹 야옹" 울고 있었다. 나의 의미 없는 저항이 몇 번 더 이어졌지만 길고양이는 절대로 그 쓰레기 곁을 떠날 생각이 없는 것 같았다. 결국 나는 어느 정도 포기하고 분리수거장에서 빳빳한 종이 몇 장을 구해 와서 빠른 몸놀림으로 그 쓰레기들을 치우기 시작했다. 길고양이도 가만히 있지 않고 내 쪽으로 몇 발자국 걸어왔다. 다행히도 "(제발) 저리 가 (주세요)"라는 나의 저항이 어느 정도 먹혔기 때문에, 나와 그 고양이 사이의 거리는 매우 가까웠지만 최소한의 생존 거리 정도는 유지되었다.

그렇게 쓰레기를 치우는 동안, 길고양이는 일정한 간격을 두고 "야옹 야옹" 하고 울었다. 처음에는 그저 공포스럽기만 했는데, 계속 듣다 보니 그 울음소리가 몹시 애처롭게 느껴졌다. "그만 좀 치우라고, 그 정도 치웠으면 나머지는 내가 처리할 수 있도록 배려하라고, 보다시피 나는 너를 공격할 생각이 전혀 없다고"라고 말(씀)하(시)는 것 같았다. 쏟아진 음식물 쓰레기가 아주 조금 남았을 때, 그 소리는 더욱 커져갔다. 나는 깔끔하게 음식물 쓰레기를 치우지 못한 것이 꺼림칙했지만, 그 애처로운 울음소리가 무척 호소력이 있었기에 쓰레기 처리를 그만두고

말이 많은 고양이님

송파구 가락동 현대 7차 아파트 단지, 2014

길고양이의 시야에서 보이지 않는 곳으로 슬금슬금 이동했다. 그러곤 멀리서 조용히 담배 한 개비를 태우면서 그의 다음 행동을 주시했다.

귀찮은 사람이 사라지자, 그 통통한 길고양이는 마음 놓고 늦은 저녁식사를 시작했다. 담배가 다 타 들어가는 동안, 나는 맹목적으로 그 모습을 지켜보고 있었다. 시간이 좀 지나자 그는 깨끗이 식사를 마치고 유유히 자신의 보금자리로 돌아갔고, 나는 하릴없이 두 번째 담배를 물었다. 그리고 몹시 우스꽝스럽지만 이것이 내가 동물들과의 관계에서 첫 번째로 경험한 교감이라는 것과 그 통통한 고양이가 사실은 아주 많이 귀엽다는 것을 깨닫게 되었다.

홍대, 2014

야옹 야오옹 **야**옹 야아오옹

송파구 가락동 현대 7차 아파트 단지, 2012

그 사건 이후로 그 길고양이에게 신선한 우유와 참치를 선물해줄까 생각해봤는데, 아직까지는 무리라고 판단했다. 사람이란 쉽게 변하지 않는 동물이고, 나는 여전히 닭발과 닭발을 먹으러 가자고 말하는 이들을 무서워하는 것이다. 하지만 아파트 담벼락에서 우연히 발견한 고양이의 발자국을 바라보며, 이것이 꼭 고양이가 한 낙서 같다고 생각했다. 고양이도 이래저래 할 말이 많지 않을까 생각하니 어쩐지 웃음이 났다. 우리 아파트엔 말 많은 고양이가 살고 있는 것이다.

추운 겨울이 가고, 미친개(님)와 길고양이가 좋아하는 봄이 오고 있다.

모두들 조금씩 행복해졌으면 좋겠다.

어 릴 적 아 파 트

"정민경 바보"

현재 살고 있는 집에서 그리 멀지 않은 곳엔, 내가 유년 시절을 보낸 문정동 시영아파트봉준호 감독의 데뷔작 「플란다스의 개」의 촬영지이기도 하다가 있다. 전형적으로 지루하고 평화로운 풍경이 일품이라, 마음이 산만하고 어지러울 때, 종종 산책하듯 들러 심신의 안정을 도모하는 곳이다. 그 아파트의 어둑한 놀이터에 앉아, 캔맥주 하나를 마시며 담배 두 개비 정도를 태우고 있노라면, 마음속에서 시끄럽게 달아오르던 것들이 조금은 진정되곤 한다. 불행히도 나는 서울에서만 자라와서인지, **회색의 아파트 단지 안에서 마음의 안정을 얻는 모양이다.**

그리고 2012년. 겨울 햇살이 따듯했던 어느 일요일 오전에, 나는 심신의 위안을 위해서가 아니라 낙서를 수집하러 그 오래된 아파트에 다녀왔다. 지은 지 20년도 넘은 오래된 곳이라 좋은 낙서들이 많을 것 같았고, 그 아파트에 10년 이상 살았으니, 누구보다 그곳의 낙서와 풍경을 잘 이해할 수 있을 거라 생각한 것이다.

확실히 목표를 가지고 둘러보니 평소와는 다르게 여러 가지가 보였다. 아파트 곳곳에 내 유년 시절이 묻어 있던 것이다. 예를 들어, 피아노 교습소가 있던 4동 1207호는 항상 나를 보며 한숨짓던 선생님을 떠올리게 했다. 나는 이미 일곱 살의 나이에 자작곡제목은「너와 나」가사는 이렇다. "너의 마음 알겠지만/ 나의 마음 모르겠지/ 너의 사랑/ 나의 사랑/ 우리 같이 사랑해요"이 있을 정도로 음악 신동이었지만, 안타깝게도 피아노에는 별다른 재능이 없었던 것이다. 따라서 억지로 건반을 누르고 있다는 건 선생님에게나 나에게나 몹시 고통스러운 일이었기에, 나는 그저 팽이 하나를 가져가서 복도에서 팽팽 돌리며 시간을 때우곤 했다. 내가 그렇게 놀고 있을 때가 선생님도 가장 편해 보이셨다. 그랬던 시절을 생각하니 나도 모르게 웃음이 났다.

여기저기서 그러한 유년의 기억들을 닦아내다가, 나는 같은 동 4층의 복도 등 스위치에 적힌 낙서 앞에서 잠시 멈춰 섰고 가슴이 뭉클해졌다. 어린 시절의 내가 한 낙서를 발견한 것이다.

정민경 바보

송파구 문정동 시영아파트, 2012

민경이는 308호의 어여쁜 어린이였다. 그리고 304호에 살던 나는 눈이 크고 밝게 웃는 모습이 보기 좋은 그 여자애를 무척이나 좋아했다. 일종의 아파트 로맨스였던 것이다. 하지만 '저 여자애가 좋다'는 마음을 어떻게 다룰지 몰랐던 나는, 짓궂게 민경이를 놀리기도 하고 가끔은 못살게 굴어 울리기까지 했다. 어여쁜 민경이가 엉엉 울면서 집으로 돌아갔을 때, 아무도 없는 3층의 긴 복도에서 나는 처음으로 쓸쓸한 감정을 배웠던 것 같다. 그러려던 게 아니었는데……. 저 낙서도 그러다가 적은 것이다. 50원짜리 덴버 껌이라도 주며 미안하다고 사과하면 될 것을, 굳이 학원 가방에서 주섬주섬 유성 매직을 꺼내 '너 참 바보다'라고 낙서까지 하며 심술을 부린 것이다. 그것도 소심하게 우리가 살고 있는 3층이 아닌 4층에……. 하지만 그 당시엔 그게 최선이었다. 달리 표현할 방법을 찾지 못했고 가슴은 너무 답답했다. 결국 다음 날, 그 낙서를 발견한 민경이는 또 펑펑 울었고, 나는 치사하게 모른 척 했다.

그게 17년 전 이야기다. 이제 민경이 얼굴은 잘 생각나지도 않는데, "정민경 바보"는 기적처럼 살아남아서 내 눈앞에 나타난 것이다. 그리고 그것으로 그 시절의 많은 추억들이 되살아났다. 민경이네 집에 놀러 가면 항상 따뜻하게 반겨주던 아줌마의 품이 생각났고, 학교 앞에서 사온 민경이의 병아리가 하루 만에 죽어 놀이터에 묻어주었던 일도 떠올랐으며, 그리하여 또 펑펑 울던 민경이가 안쓰러웠던, 그 익숙한 풍경이 기억난 것이다. 왈칵 눈물이 쏟아질 것만 같았다.

그렇게 끼적끼적 낙서를 하던 어린이는 어느덧 스물여덟이 되어, '저 여자애가 좋다'라는 마음을 여러 가지로 표현할 수 있는 남자가 됐다. 예를 들어 하루키를 즐겨 읽던 여자애에게는 "봄날의 곰만큼 너를 좋아해"라고 했고, 수학을 전공하는 여대생에게는 "이 사랑은 무한수열처럼 그 끝을 알 수가 없어"라고 창피한 줄도 모르고 떠드는 애티튜드를 갖추게 된 것이다.

동승동 부근 빌라 복도, 2013

십대는 ✦ 영원하 다

좋겠다.

대학로 근처 어딘가, 2013 ⓒP

하지만 아무리 다른 표현 방법을 알았다 해도, 민경이를 좋아했던 어린 나와 지금의 내가 큰 차이가 없음을 느낀다. 무한수열처럼 계속될 줄 알았던 사랑이 결국엔 끝이 나고, 봄날의 곰 같았던 설렘이 결국 또 곰 같은 미련으로 남을 때마다, 나는 여전히 아파트 복도에서 처음 배웠던 쓸쓸한 감정을 같은 무게로 느껴야 했기 때문이다. 다시, 마음이 어지럽다. 캔맥주와 담배 한 갑을 사서 그 오래된 아파트에 산책을 가야겠다.

엉거주춤, 낙서 수집

버린다. 모은다

동묘 앞 구제 시장을 구경하다가 어느 고물상 앞에 멈춰 섰다. 가게 여기저기에 주인아저씨가 차곡차곡 쌓아올린 세월이 보였다. 삑삑 돌아가는 지구본이 그러하고 기능이 의심스러운 소니 워크맨도 정겹다. 그렇게 한참 구경하다 가게 모퉁이에서 고물상 운영을 짧고 정확하게 정의한 낙서를 발견했다. "버린다 모은다". 즉, 누군가가 버린다. 고물상 아저씨는 모은다. 가게에 진열한다. **필요한 사람이 사 간다.**

동묘 앞 고물상, 2012

버린다 모은다

나의 수집도 그러하다. 누군가가 여기저기에 낙서를 버려두고 떠나면, 나는 고물상 아저씨처럼 천천히 그것들을 모은다. 하나둘 모이면 이야기를 만들어 어딘가에 기고하고, 마음이 좀 헛헛한 사람들이 나의 낙서 글을 읽어보는 것이다. 여기까지 생각하자 나와 고물상 아저씨가 같은 직업군에 속한 사람이란 생각이 들었다. 주인아저씨께 이런 반가운 마음을 담아 말을 걸었다.

나 아저씨, 이 낙서 좀 찍어도 돼요?

아저씨 허허, 그것 찍어서 뭐 하게.

나 예······ 그러게요.

힘이 쭉 빠졌다. 나는 아저씨에게 무슨 대답을 기대했을까? "허허, 자네도 나처럼 버린 것을 모아 장사를 하는가?" "요새 좋은 낙서 발견하기 참 힘들지? 고물들도 그렇다네." 뭐 이런 대답이라도 바랐던 것일까? 아저씨는 그저 타당하고 상식적인 대답을 한 것뿐이었다. 혼자 감상에 젖어 질문했다는 생각에 부끄러운 마음이 들어 얼른 낙서를 찍고 도망치듯 그곳을 빠져 나왔다. 민망한 걸음으로 빨리 움직여 동묘를 지나 황학동 만물시장 쪽으로 향했다. 입구 쪽이라 그런지 음식점이 많았고, 여기저기서 나는 구수한 냄새에 창피했던 마음이 조금 누그러졌다. 그러다가 어느 국수 가게 앞에서 마치 낙서 같은 메뉴판을 발견했다. 좀 전의 사건에도 불구하고, 밸이 없는 나는 쭈그려 앉아 그것을 찍고 있었는데 불현듯 나타난 주인아주머니께서 "총각, 그거 찍으려면 500원 내야 해"라며 농을 치셨다. 또다시 민망해진 나는, 계획에 없었지만 그 집 잔치국수를 한 그릇 주문했다. 맛이 없었다.

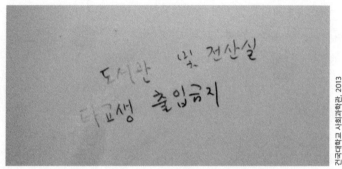

건국대학교 사회과학관, 2013

낙서 찍는 풍경이 이러하다. 별로 당당치가 못하다. 예를 들어, 보통 대학의 캠퍼스에는 재미있는 낙서가 많은 법인데, 나는 어느 대학이든 내가 졸업한 학교를 제외하면 학생증이 없으므로 낙서들을 찍으려면 그 대학 학생인 척 연기를 해야 한다. 그렇게 몰래 잠입한 대학의 도서관이나 학생회관 따위의 낙서들을 찍고 있다가, 문득 경비 아저씨라도 지나가면 내 심장은 쿵 내려앉곤 한다. "자네 여기서 뭘 찍고 있나? 우리 학교 학생 맞나?"라고 물어오면 도무지 대답할 만한 마땅한 말을 찾을 수 없기 때문이다. "낙서를 찍고 있습니다. 저는 낙서 수집가거든요"라고 답할 순 없지 않은가. 아마 그렇게 하면 경비 아저씨는 거동 수상자로 나를 신고하실 것이다.

이런 조심스러운 태도는 길거리에서도 이어진다. 멀쩡한 남자가 거리의 낙서를 찍는 모습은 아무래도 좀 별나 보여 사람들의 이목을 끌기 때문이다. 한 번은 외국 관광객들도 많이 찾아오는 남산타워에서 연인들이 남기고 간 사랑의 낙서들을 찍고 있는데, 한 무리의 중국인들이 다가와서 내가 찍고 있는 낙서를 함께 찍어간 일이 있었다. 내가 워낙 열심히 찍고 있어서 그랬는지, 그들의 눈에는 그 낙서가 뭔가 유명한 것으로 보인 모양이다. 하지만 하필이면 그것은 남산의 아름다운 사랑 낙서들 중 '커플들! 영원할 줄 아냐?'라는 글귀였다. 안타깝게도 중국어를 몰라 그 글귀의 불행한 뜻을 설명해주지 못했다.

나는 이런 식으로 엉거주춤하게 서울 이곳저곳에 버려진 낙서들을 모아왔다. 내가 좋아서 한 일이니 어디다가 하소연할 생각은 없지만, 거대한 서울을 혼자 걸어 다니며 조심스러운 태도로 방대한 양의 낙서들을 모으다 보면 왠지 외롭고 서글프기도 하다. 하지만 가끔 나의 웹 페이지에 들려 글 잘 읽고 있다든가, 덕분에 주변의 낙서를 감성적으로 보게 됐다든가 하는 친절한 반응들을 접하게 되면 나의 고물상이 그럭저럭 잘 운영되고 있다는 생각에 다시 힘을 내서 거리로 나가게 된다.

어찌 됐든 나는 버린 것을 모아 '낙서 고물상'을 운영하는 사람인 것이다. 그러니 혹여 서울의 구석 어딘가에서 쭈그려 앉아 낙서를 찍고 있는 남자를 발견하더라도 너무 이상하게 생각하지 말아주길. 그대가 남자라면 모른 척 지나쳐 가고, 여자라면 가벼운 눈인사 정도를 해주길 부탁한다.

질
투

남산 N타워, 2013

청춘의
후회

너 너 너

그야말로 보편적인 군대 연애 : 아름이와 민우 III

완벽하게 사랑에 빠진 얼굴

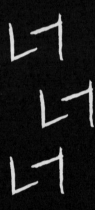

돈암역 부근 골목, 2009 ©P

너 너 너

당신과 나의 실패한 사랑 이야기

노래방 책에는 유난히 사랑 노래가 많듯이, 낙서의 세계에도 '사랑 타령'이 압도적으로 많다. 연인들이 많이들 놀러 가는 남산타워나 선유도 공원 등에서 사랑을 예찬하고 영원을 약속하는 낙서들을 어렵지 않게 발견할 수 있다. 하지만, 우리의 가슴을 울리는 사랑 낙서들은 웬만하면 조금 어두운 구석에 써 있다. 너로 인해 반짝반짝 빛나던 날들이 서서히 캄캄해지고, 예감으로 그득했던 가슴이 텅 비어버렸을 때, 어두컴컴한 골목과 화장실 구석에서 찢어진 가슴을, 너를 낙서하기 때문이다. 그렇다. 이 낙서들은 당신과 나의 실패한 사랑 이야기다.

① 사랑한 게 죄

서울에는 솔로인 사람이 가지 말아야 할 곳이 몇 군데 있는데, 그 중에 가장 가지 말아야 할 곳이 바로 인사동 쌈지길이다. 전방위로 커플들이 쏟아지는 이곳은, 심지어 건물 전체가 사랑의 낙서로 도배되어 있다. 이를테면 '철수♡영희' '우리 사랑 이대로' 같은, 유치란 말조차 아까운 글귀들로 가득한 것이다.

그런데 안타깝게도 이 사랑의 건축물에, 남자친구와 아픈 이별을 한 지 얼마 되지 않은 어떤 소녀가 왔었나 보다. 아마도 친한 친구와 함께 잠시 바람이라도 쐬러 왔을 것이고, 온통 사랑의 뉘앙스로 채워진 이 쌈지길에서 구 남친을 떠올리며 사무치게 외로워졌을 것이다. 소녀는 이제야 외로움의 세계를 이해해버린 것이다. 그리고 착하지만 눈치는 없는 친구가 데려온 이곳에서 눈 둘 곳 없이 방황하던 소녀는, 뺀질뺀질 잘생긴 구 남친을 닮은 저 벽화를 발견하고 잠시 멈춰 섰던 것 같다. 그리하여 한참 동안 그 벽화를 째려보다가, 천천히 가방에서 네임펜을 꺼내 조금은 서럽고 분한 심정으로 낙서를 했을 것이다.

'너는 참 드럽고 치사한 놈이었지만, 나는 너 때문에 정말로 가슴이 아파.

그래, 내가 너를 사랑한 게 죄다.'

;

내가 너를
사랑한 게 **죄**다

인사동 쌈지길, 2012

② 나는 괜찮아

그리고 여기. 모든 게 괜찮은 남자가 있다. 너도 '이제' 괜찮아도 된다는 걸 보면, 아마 그전까지는 전혀 괜찮지 않았던 모양이다. 헤어진 그녀가 좋아하던 잘생긴 배우가 TV에 나오면 재빨리 채널을 돌렸을 것이고, 전에는 유치하고 빤하다며 싫어하던 이별 노래가 마치 내 이야기인 듯 들렸을 것이며, 혹시나 그녀 이야기라도 들릴까 봐, 그녀와 함께 만나던 친구들을 피해 다녔을 것이다.

그리고 너도 괜찮지 않기를. 내가 너에게 유일한 사랑이었다는 사실을 깨닫기를, 그리하여 너도 나처럼 죽을 만큼 불행해지기를, 끝내는 그런 생각을 이기지 못해 다시 시작하자는 전화 한 통만 해주길 치졸하게 바랐을 것이다.

하지만 결국 전화는 오지 않았고 남자도 이젠 좀 살아야겠기에, 낙서가 가득한 파전 집에 친한 친구들을 불렀던 것 같다. 그러곤 막걸리를 들이켜며 내 걱정 하지 말라고, 나는 이제 다 괜찮다고 선언하듯 말했을 것이다. 그래서 착하지만 눈치는 없는 친구들은 그래! 여자가 개 하나냐며 신나게 막걸리를 들이부었을 것이고, 남자는 막걸리의 효소가 가슴을 따뜻하게 데워줄수록 계속해서 그녀 생각이 났을 것이다. 즉, 자신이 사실은 전혀 괜찮지 않다는 사실을 인정할 수밖에 없었던 것이다. 그래서 결국 남자는 지푸라기라도 잡는 심정으로, 자신에게 약속하듯, 컴퓨터용 수성 사인펜을 꺼내 정자로 한 글자 한 글자 써내려간 것이다.

"나는 괜찮아.

　너도 이제 괜찮아도 돼.

　다 괜찮아"

경희대 파전 거리 낙서파전, 2013

③ 강자와 약자

마지막으로 여기, 이문동에는 사랑의 약자가 있다. 그는 무려 '미안'과 '사랑해'라는 말을 같이 적었다. 그러니까 이 낙서의 의미를 좀 더 풀이하자면, '미안, (내가 더) 사랑해서……' 정도가 될 것이다. 정말 어쩔 도리 없이 연약한 말이다.

그러나 한 번이라도 사랑의 약자가 되어본 사람이라면, 이 낙서를 지질하다 비난할 수 없을 것이다. 일단 관계에서 어느 한쪽이 강자가 되면, 약자의 입장에서는 스스로의 의지로 할 수 있는 것이 몇 가지 없다. 마치 주유소의 공기인형처럼 이리저리 획획 내팽개쳐지더라도, 혹시나 강자의 마음을 상하게 할까 봐 방긋방긋 웃고 있을 수밖에 없는 것이다. 그 상황에서 약자가 할 수 있는 말이라곤 "바쁜데 자꾸 전화해서 미안해" "예전 같지 않다고 찡찡대서 미안해" "알겠어, 내가 잘못했어. 화 좀 내지 마" 셋 중 하나다.

그러니까 결국 관계의 문제인 것이다. 강자와 약자에 대한 이야기인 것이다. 이렇게 어두컴컴한 골목길에 쭈그리고 서서 이별의 낙서를 적는 사람도, 그걸 보고 잠시 멈춰 서서 한숨을 짓는 사람도, 이 한심한 글을 끝까지 읽고 공감하고 있는 당신도, 결국엔 모두 약자들일 것이다. 그리고 우리가 할 수 있는 말이라곤 아시다시피,

"미안, 사랑해."

미안
사랑해

동대문구 이문동 43길-7, 2013

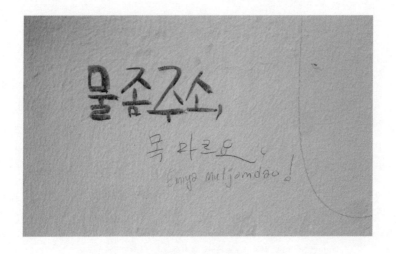

네 고객님.

삼다수(500ml)는 850원,

에비앙(500ml)은 1,750원입니다.

한국예술종합학교 미술원 건물, 2013

그야말로 보편적인 군대 연애

민우야 군대 가지 마(아름이와 민우 Ⅲ)

① 2006년 8월 13일, 삼환아파트 1동 앞 놀이터

입대하기 전날 밤, 민우는 대성통곡을 하는 아름이를 달래며 몇 가지 소지품을 맡겼다. 체크카드로 쓰던 학생증과 자신의 음악 취향이 고스란히 들어 있는 아이팟, 그리고 수신 정지된 폴더폰과 증명사진 등 잡동사니들이었다. 이것들 가지고 기다리고 있으면 100일 휴가까지 금방이다, 편지나 자주 해라, 맞춤법 틀리지 말고, 라고 담담하게 말하며 아름이를 토닥토닥 안아주었다. 아름이는 따듯한 민우의 품에서 익숙한 체취를 맡으며 조금 진정했지만 여전히 훌쩍훌쩍 울고 있었다. 민우는 계속해서 괜찮다, 괜찮다를 반복하며 말하고 있었지만, **사실 민우가 제일 괜찮지 않다는 것을 둘 다 알고 있었다.**

미누야
군대 가지 마

서울 종로구 관훈동 38 쌈지길, 2012

② 2006년 8월 14일부터 9월 23일까지, 논산훈련소 25연대 10중대 2소대

민우와 아름이의 군대 연애는 보편적이라고 할 만했다. 편지를 주고받고, 그리워하고, 서로의 사랑이 얼마나 위대한지에 대해 깨달을 뿐이니 정말로 보편적이라고 할 만했다.

아름이는 몇 번의 편지를 통해 1)네 못생긴 얼굴이 너무 보고 싶다 2)그리고 네 못생긴 손도 그러하다 3)심지어 내가 싫어하던 추리닝을 입고 담배 피우던 그 밉상 맞은 표정마저도 그립다 4)저번에는 학교 축제에 네가 좋아하던 김장훈이 왔는데 네 생각이 너무 나서 나만 펑펑 울었다, 다들 깔깔대며 웃고 있었는데 나는 눈물이 멈추지 않아 화장실로 달려갔고 실신할 만큼 울었다, 라고 보냈다. 그리고 민우야, **참 좋아해**, 라는 진실된 마음을 보내기도 했다.

이에 민우는 1)내가 너무 매력적이라 미안하다 2)그러게 왜 나를 좋아했느냐, 나의 늪에 빠지면 헤어 나오기 힘들다고 말하지 않았느냐 3)그런데 저번에 왜 전화 안 받았냐 4)내가 그 5분 통화권 받으려고 얼마나 열심히 수류탄을 투척했는지 아느냐. 네가 전화 안 받아서 네 에픽하이 컬러링만 5분 동안 듣고 있었다. 앞으로는 절대 에픽하이 노래는 듣지 않을 생각이다, 라고 보냈다. 그리고 **사랑한다**고도 보냈다. 군대에 와서야 이런 말하는 거 우습지만 정말로 사랑한다고, 눈물을 꾹꾹 삼키며 보냈다. 그러니까 민우와 아름이는 그야말로 보편적인 군대 연애, 우리가 익히 들어서 잘 알고 있는 그런 연애를 하고 있었다.

③ 2006년 12월 28일, 남산타워

100일 휴가가 늦어졌기 때문에, 민우와 아름이는 137일 만에 만날 수 있었다. 아름이는 비슷비슷한 군인들이 북적거리는 동서울 터미널에서 유난히 쭈뼛거리며 주위를 둘러보는 군인을 발견했다. 민우였다. 아름이는 처음에는 또 훌쩍거렸고, 두 번째로는 군인 아저씨 냄새가 난다고 지적했으며 마지막으로는 이렇게 살이 빠졌는데 왜 더 못생겨졌느냐며 웃었다. 그러고는 따듯하게 안아주었다. 민우는 항상 그러하듯 최대한 덤덤한 척하려고 했지만, 울다가 웃으면 똥구멍에 털이 난다고 말해주려 했지만, 아름이의 예쁜 향수 냄새에 정신이 아찔해질 뿐이었다.

짧은 4박 5일 동안 민우와 아름이는 24시간이 절대적으로 모자란다는 일념으로 서울의 곳곳을 돌아다녔다. 남산으로 가서 자물쇠를 잠그며 사랑의 낙서를 끼적거리고, 홍대에서 친구들을 불러 술을 마시고 클럽에 갔으며, 캄캄한 밤이 되면 아름이의 자취방에서 조잘조잘 이야기를 나누며 함께 잤다. 민우는 군대 취침 시간의 영향으로 밤 10시만 되면 하품을 해댔지만, 섹스를 할 때는 전혀 졸린 기색이 없었다. 하지만 그들의 군대 연애는 보편적이었으므로, 4박 5일의 달달한 시간은 아주 **빠르게** 지나갔다.

부대에 복귀하기 전날 밤, 아름이는 민우가 입고 있던 사복 외투를 놓고 가라고 말했다. 네가 없으면 너무 외롭다고, 그 점퍼에 남은 네 냄새라도 맡으면서 기다리면 좀 참을 수 있을 것 같다고 이유를 설명해줬

사랑해

남산타워가 서울의 지리적 중심이라는
걸 아는가? 남산 데이트를 하는 이 땅의 많은 연인들은 서울의 중심에서
사랑을 외치고 있다.

남산 N타워, 2013

다. 몹시 시린 바람이 불고 있었지만 민우는 아무 말 없이 외투를 벗어서 아름이에게 입혀줬다. 나 되게 추운데…… 이거 비싼 건데…… 팔아먹으면 안 되는데……라고 말하고 싶었지만 눈물을 참고 있던 탓에 목구멍에서 소리가 나오지 않았다.

④ 2007년 9월 8일, 강원도 인제, 민우의 군부대 공중전화 박스

그렇게 몇 번의 달콤하면서도 안타까운 휴가를 더 보내고, 이윽고 민우가 상병이 되었을 무렵, 그 둘은 헤어졌다. 그럴싸한 이유는 있었지만, 사실 민우와 아름이 사이는 별 문제가 없었다. 다만 보편적인 군대 연애였으므로 그렇게 되었을 따름이다. 아름이는 식음을 전폐하고 몇 날과 며칠을 울었고, 민우는 수면제 효과가 있다는 콧물 약을 의무병에게 몰래 얻어서 잠을 청했다. 콧물 약을 삼키지 않으면 잠이 오지 않았고, 그런 밤이면 아름이가 떠오르다가 결국에는 쉴 새 없이 눈물이 흘렀기 때문이었다. 비록, 보편적인 이별이었지만 아픔만은 그렇게 보편적이지 않았던 것이다. 아름이가 다시 숟가락을 들기까지, 민우가 콧물 약을 먹지 않아도 잠이 올 때까지는 긴 시간이 필요했다. 실연의 아픔이란, 정말로 날카롭게 민우와 아름이를 관통했고 회복되기까지 시간도 많이 잡아먹었다.

미친 기억······

송파구 문정동 시영아파트 상가 공중전화기, 2012

⑤ 2008년 2월 27일, 하나은행 ATM 기기 앞

그리고 아름이는 다시 씩씩한 척 학교를 다니기 시작했다. 이렇게 미친 듯이 과제만 하는 것이 여대생의 생활일까 싶었지만, 아무래도 바쁜 편이 나았기 때문에 그럭저럭 살아갔다. 그러다가 차츰 민우보다는 취업이 걱정되고 다른 남자도 눈에 들어올 무렵, 아름이는 자신의 지갑에서 우연히 민우의 학생증을 발견했다. 타고 있던 버스가 조금 덜컹거렸고, 아름이도 그만큼 놀랐지만 훌쩍이지는 않았다. 오히려 학생증 사진이 실물보다 더 못생기게 나왔다고 생각하며 살짝 웃었다. 그러다 문득, 민우가 이 학생증을 체크카드로도 썼다는 사실이 떠올랐다. 얼마쯤 들어 있을까. 별로 윤리적이지 못한 행동이라 생각하면서도 하나은행 ATM기가 있는 곳으로 걸어갔다.

아름이는 잔액 조회를 하기 위해 비밀번호를 맞춰보고 있었다. 세 번까지 입력할 수 있었다. 처음에는 민우의 생일 0405를, 그다음에는 민우와 아름이가 처음 사귄 1101을 입력해보았지만 모두 틀린 번호였다. 아름이는 기념일 부분에서 살짝 설렌 자신이 참 미련하다고 생각했고, 그래도 이왕 이렇게 된 거 자신의 생일을 입력해보기로 했다. 휴대폰 비밀번호 정도는 여자친구 생일로 해놓으라고 아무리 잔소리를 해도, 개인정보를 중요시해야 한다던 민우의 뚱한 표정이 떠올랐지만.

0808. 아름이는 천천히 자신의 생일을 눌렀고

7,328원. 민우의 안쓰러운 통장 잔고가 덜컥 화면에 나타났다.

아름이는 무너졌다. 마음 한쪽에 꾹꾹 눌러왔던 감정이 밖으로 터져 나왔고, 이내 훌쩍훌쩍 울기 시작했다. 말이 없고 무심해 보이지만 사실은 보이지 않는 곳에서 자상하게 자신을 챙겨줬던 민우의 못생긴 얼굴이 생각난 것이다. 아름이는 그 자리에 주저앉아 울었다. 그 모습을 옆에서 바라보던 청원 경찰은 젊은 처자가 벌써부터 빚에 시달리면 안 되는데, 라는 표정으로 딱하다는 듯 쳐다보고 있었지만 아름이는 아랑곳 않고 엉엉 울었다.

⑥ 2011년 11월 1일, 남산타워

민우는 몸 건강히 전역했다. 바로 복학을 했고 어학연수를 다녀왔으며 결국에는 어느 참치 유통회사에 취직하게 됐다. 그러는 동안에 두어 번 싱거운 연애를 하기도 했고, 취직을 하고 나서야 아름이처럼 남자 보는 안목이 독특한 여자를 만나 꽤 진지한 연애를 시작했다. 다시, 보편적인 연애.

민우와 여자는 영화를 보고, 그럴싸하지만 맛은 없는 이탈리안 레스토랑 같은 곳에서 봉골레 파스타와 마르게리타 피자를 먹었으며, 그다음에는 습관처럼 아메리카노 따위를 마셨다. 주말이 되면 자주 그렇게 했다. 다들 데이트는 그런 식으로 하니까 민우와 여자도 별 생각 없이 그렇게 했다. 그게 편했다.

그리고 남산에도 갔다. 남자친구 생기면 이거 꼭 해보고 싶었어, 유치하지만 어쩔 수 없어, 라고 자물쇠를 들고 단호하게 말하는 귀여운 여자를 보면서, 민우는 정말로 내키지 않았지만 어쩔 수 없이 케이블카를 탔다. 그리하여 어쩔 도리 없이 아름이가, 아름이가 생각이 났다. 뻔한 서울의 정경을 보면서는 돈 많이 벌어 평창동에 주택을 사고 싶다던 아름이의 허무맹랑한 꿈이 기억났고. 자물쇠에 이런저런 사랑의 약속을 적으면서는, 예쁜 글씨체로 류시화의 시 구절을 적어 내려가던 아름이의 작은 손이 생각났다. 민우는 적당한 곳에 자물쇠를 걸어놓고 여자를 따듯하게 안아주면서는 그런 생각들을 떨쳐내려고 노력했다. 하지만 그럴 수 없었다. 옳지 않다는 것을 알면서도 민우는 계속해서 아름이를 생각할 수밖에 없었다.

그날 그렇게 비윤리적이었던 민우는, 집에 들어가기 전에 우편함을 확인하다가 예비군 훈련 통지서를 발견했다. 3박 4일 동안 강원도의 어느 군부대에서 훈련을 받아야 한다는 내용이었고, 불참 시 벌금 부과 혹은 형사 고발이 있을 것이라고 안내하고 있었다. 저절로 쓴웃음이 흘러나왔다. 민우는 평소보다 오랜 시간을 들여 뜨거운 물로 샤워를 하면서 이놈의 빌어먹을 국방의 의무는 도무지 언제 끝이 나나, 또 이놈의 미련은 언제 끝이 날까, 하는 생각을 했다. 국방부가 끈질기게 민우에게 예비군 통지서를 보내는 것처럼, 아름이와의 기억도 쉽게 잊히지 않았

건국대학교 인문대학 7층, 2013

기 때문이다.

그렇게 씻고 나오는 길에 민우는 약 상자에서 익숙한 콧물 약 한 알을 꺼내 미지근한 물과 함께 삼켰다. 혹시나 군대에서처럼 아름이 생각에 잠을 자지 못하는 밤이 될까 봐 걱정이 됐고, 그 끔찍한 밤을 버텨 낼 자신이 없었기 때문이다. 다행히도 콧물 약은 여전히 효과가 있었으므로 민우는 그날 밤, 꿈도 꾸지 않고 깊은 잠을 잘 수 있었다. 민우와 아름이의 보편적인 군대 연애 이야기는, 우리가 익히 들어 잘 알고 있는 그 연애는, 드디어 이런 식으로 마무리되고 있었다.

다
좋은 건
아니야

한국종합예술학교 미술관, 2013

키스 금지 구역

"여기서 키스하지 마세요. 정 하려거든 저녁 8시에서 9시 사이는
피해주세요. 제 퇴근 시간이고, 이 골목은 집에 갈 때 꼭 지나쳐야
하는 길이거든요. 당신들이 완벽하게 사랑에 빠진 얼굴로 서로를
바라보며 키스를 하는 꼴을, 굳이 제가 봐야 할 필요는 없잖아요.
서로 민망하기도 하고…… 무엇보다 키스는 집에 가서 하셔야죠.
아니면 방을 잡으시든지요. 어찌 됐든 제 말은, 이웃에 방해가 되
지 않는 선에서 하시란 말입니다.

그래요. 저도 하긴 했죠. 그건 죄송해요. 근데 그 남자가 너무 좋아서 어쩔 수가 없었어요. 자상하게 집 앞까지 데려다주는 그 사람을 어떻게 그냥 보내겠어요. 그런데 알잖아요. 봤을 거 아녜요. 그거 얼마 안 갔어요. 1년쯤 지나니까 피곤하다면서 그냥 집으로 돌아가는 일이 잦아졌고, 나중에는 더 소홀해져서 혼자 집에 갔어요. 마지막에는 함께 있어도 외롭고 쓸쓸해서 헤어졌고요.

맞아요. 당신들이 만날 부둥켜안고 쪽쪽거리는 꼴을 보고 있자면 그 남자 생각도 나고, 그러다 보면 너무너무 괴롭고 외로워져요. 헤어진 지 이렇게 오래됐는데도 집에 가서 펑펑 운다고요. 제가 이런 얘기까지 해야 하나요? 이 말이 그렇게 듣고 싶었어요? 그리고 여기서 키스하면 결국엔 헤어져요. 제가 여기 오래 살아서 아는데, 여기서 키스하고 결혼했다는 사람 한 번도 못 봤다고요. 당신들도 그러고 싶진 않잖아요. 그러니까 제발, 제발 여기서 키스하지 마세요.

정 하려거든 저녁 8시에서 9시`사이는 피해주세요."

완벽하게 사랑에 빠진 얼굴

조건 없이 특별해지는 얼굴에 대해

①

내가 아는 사랑이란, 조건 없이 시작된다. 그것은 그녀 앞
에서 맹목적으로 뛰기 시작하는 뜨거운 심장 같은 것이
다. 나는 그것을 경험해봤다. 갈비뼈가 으스러지도록 포옹
해주고 싶은 사랑의 상대를 가져보았고 밤하늘의 별이라
도 따줄 수 있을 것 같은 유치한 자신감을 가져본 적이 있
다. 그러니까 나는 완벽하게 사랑에 빠진 얼굴, 조건 없이
특별해지는 얼굴에 대해서 말할 수 있다. **나는 그럴 자격
이 있다. 정말로 그럴 자격이 있다.**

②

그 얼굴은 커플 무료 통화 요금제로 변경하기 위해 114에 전화를 거는 남자와 여자에게서 확인할 수 있다. 더 자세히 알고 싶다면, 맛집을 검색하기 위해 블로그를 샅샅이 뒤지는 남자를 봐도 되고, 새로운 화장법을 시도해보는 여자를 봐도 된다. 그러나 안타깝게도, 완벽히 사랑에 빠진 얼굴이란 그리 오래 지속되지 않는다는 것을 나는 잘 알고 있다. 남자가 더 이상 맛집을 검색하지 않고 여자가 새로운 화장법에 익숙해질수록 그 얼굴은 시간에 굴복하고 일상에 함몰되어 점점 더 무미건조해지는 것이다. 그게 사랑의 끝이다. 서서히 변하는 얼굴처럼 이별은 사랑하고 있는 동안에도 계속해서 진행되어, 끝내 관계의 종말을 고하는 것이다.

남자와 여자의 얼굴

낙산 공원, 2012

③

그러니까 시간과 일상에 지고 마는 연약한 얼굴의 문제인 것이다. 작게는 설렁탕에 깍두기 국물을 부어 먹는 남자가 도무지 이해가 되지 않아서, 크게는 언제나 약속 시간에 조금씩 늦는 여자에게 몹시 화가 나서 이별을 했다 해도, 상대를 탓할 이유가 전혀 없는 것이다. 당신이 생각하는 것처럼 서로에게 심각한 문제가 있어서가 아니라, 단지 서로가 너무 사랑했던 얼굴을 상실했을 뿐이다. 심각한 문제는 전혀 아니다.

그러나 새벽마다 어쩔 도리 없이 먹먹한 기분을 느낄 수는 있다. 갑자기 마음속에 무엇인가가 터져버려 「무한도전」을 보면서도 펑펑 울 수 있다. 함께 걸었던 이 길이 너무 애잔해져서 길거리에 그냥 주저앉고 싶을 수도 있다. 그것은 지극히 자연스러운 사랑의 부작용이다. 단지 얼굴에 관한 이야기일 뿐이니 당신은 그 현상들 앞에서 의연해질 필요가 있다. 정말로 그래야만 한다.

부디 조심하시길.

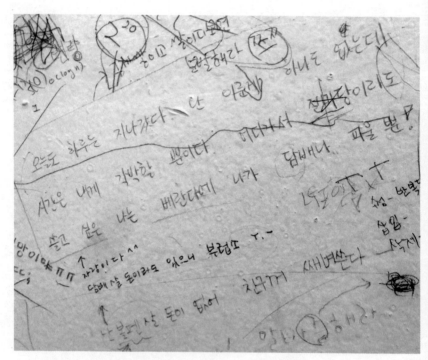

／ 그게 쌓이다 보면 영원히 이룰 게 없다. 분발해라 ㅉㅉ

오늘도 하루는 지나갔다. 난 이룬 게 하나도 없는데
시간은 내게 각박할 뿐이다. 어디 가서 절 마당이라도
쓸고 싶은 나는 베란다에 나가 담배나 피울 뿐!

↑ 자랑이다^^
　담배 살 돈이라도 있으니 부럽소 ㅜ.ㅡ

↑ 난 볼펜 살 돈이 없어 친구 꺼 째벼 쓴다

건국대학교 생명과학관, 2013

cést la vie? 이런 게 인생이라고?

pour la vie! **평생!**

홍익대학교 부근 골목길, 2013

청춘의
위로

언젠간 행복해지겠죠
세상은 항상 아름답다
외롭고 쓸쓸해서, 스티커
"당신이 필요해요"

언젠간 행복해지겠죠

2,500원짜리 행복

.

약간 건조한 얼굴에 긴 생머리, 복슬복슬한 스웨터에 청바지를 즐겨 입고, 조곤조곤한 말투로 과학 과목을 가르치던 보습학원의 여자 선생님이 기억난다. 그녀에게 조금 가까이 가면 청량한 피죤 향이 났기 때문에 나는 언제나 손을 번쩍번쩍 들고는 문제 풀이를 부탁하곤 했다. 다른 학생들에게 방해가 되지 않도록 조용조용 운동 에너지를 설명해주던 그녀는, 서툰 남자 중학생의 마음을 어질러놓기에 충분했던 것 같다. 다행히 나는 아는 문제보다 모르는 문제가 훨씬 많았으므로 긴 시간 그녀 옆에 앉아 있을 수 있었다. 내가 좋아한다는 것을 그녀도 은근히 알고 있었기 때문에, 다른 학생들에 비해 나를 좀 편애하기도 했는데 그 태도에 나는 몹시 만족했다. 누군가에게 특별한 취급을 받는다는 것. **내가 현재까지도 가장 중요하게 생각하는 연애의 덕목이다.**

아무튼 의도치 않게 과학 우등생이 된 그 시절, 나는 굉장한 만화 광이었다. 만화 잡지 『소년 챔프』가 나오는 화요일은 내가 가장 행복해지는 요일. 그러니까 그 시절 언젠가의 화요일도 수업 시간이 빨리 끝나기를, 그래서 쉬는 시간에 서점으로 달려가 『소년 챔프』를 사는 것을 온 마음을 다해 기다리고 있었던 것이다. 그런데 돈이 좀 모자랐다. 허기를 참지 못해 떡꼬치를 사먹은 것이 화근이었다. 학원 친구들도 당장 오락실에서 쓸 100원과 200원이 아쉬운 궁핍한 소년들이었기 때문에, 어쩔 수 없이 그녀를 찾아갔다. "선생님 죄송한데 500원만 꿔주세요."

재빨리 『소년 챔프』를 사 들고 와서 허겁지겁 읽기 시작했다. 그림들, 활자들 그리고 칸과 칸 사이의 숨겨진 이야기들. 그 모든 것들을 사랑하는 마음으로 집어삼키고 있었다. 그리고 그 모습을 그녀가 문에 기대어 서서 가만히 지켜보고 있었다. 만화를 보는 내가 한심해 보일까 봐 신경이 쓰이기도 했지만 도저히 읽지 않을 수 없었기에 나는 그녀를 못 본 척하고 있었다.

"그거 얼마야?"

그녀가 예의 다정한 말투로 물어왔다.

"2,500원이요."

창피하기도 하고, 탐독에 방해가 되기도 해서 후딱 대답하고는 다시 『소년 챔프』 속으로 들어갔다. 그리고 두 쪽 정도 읽을 만큼 정적이 흘렀을 때, 그녀가 다시 말을 건넸다.

"2,500원에 그렇게 행복해하는구나. 부럽다."

나는 고개를 들어 그녀를 보았다. 여러 가지 감정이 그녀의 주변에 흐르고 있다는 것을 얼핏 알 수 있었고, 본능적으로 뭔가 위로의 말을 건네야겠다는 생각이 들었다. 그래서 '선생님도 봐라. 이거 재밌다.『챔프』는 남자들이 보는 거니깐 재미없을 수도 있겠네. 그럼 『윙크』를 보는 게 좋겠다. 여자애들이 그러는데 되게 재밌다더라' 하고 그 당시 내가 할 수 있는, 딱 중학생만큼의 위로를 나불나불 쉬지도 않고 했던 것 같다. 그녀는 씁쓸하게 웃고 있었다. 그 얼굴을 아직도 잊을 수가 없다.

그 뒤로 많은 시간이 흘렀다. 나는 더 이상 2,500원짜리 만화 잡지만으로는 충분히 행복하지 않은 나이가 된 것이다. 첫눈이 내리면 만원 지하철을 먼저 걱정하는 나이. 전화번호부의 지인 명단 수는 늘어가지만 정작 만나는 사람은 얼마 없는 나이. '사랑한다'보다 '좋아한다'라는 표현이 더 믿음직스러워지는 나이. 그런 나이가 되었을 때, 이화여대 정문 앤티앤스 프레즐 앞의 보도에서 '언젠간 행복해지겠죠'라는 낙서를 발견했다.

; 언젠간
행복해지겠죠

이화여대 정문 앤티앤스 프레즐 가게 앞 보도, 2011

   문득 연한 무채색 스웨터를 입고 2,500원에 행복해하는 나를 보며
쓸쓸해하던 그녀의 얼굴이 떠올랐다. 지금의 나는 그때의 그녀에게 무
슨 위로를 해줄 수 있을까. 아마도 별 말 하지 않을 것이다. 가만히 그녀
의 생각이 정리될 시간 동안 기다려줄 것이다. 그리고 앤티앤스의 '아
몬드 프레즐'을 추천해주고 싶다. 고소하고 바삭한 프레즐을 한 입 베
어 물면 잠시 달콤한 행복을 느낄 수 있다고 말해주며. "언젠간 행복해
지겠죠"라고 덧붙이며.

세상은 항상 아름답다

호식이의 미소도 아름답다

나는 종종 우리 집에 오면 하룻밤쯤 자고 가는 호식이를 몹시 좋아한다. 그는 내 동생 규호의 절친한 친구로, 대단히 구수하게 생겨서 정감이 가는 고등학생이다. 규호는 좀 화려하게 생긴 타입이라 언뜻 보기에는 둘이 좀 어울리지 않는데, 아무것도 아닌 이야기를 하면서 바보들처럼 한참 낄낄대는 녀석들을 보고 있노라면 곧 그들이 절친이라는 것을 알 수 있다.

그런 호식이의 가장 멋진 점은 구수한 얼굴에서 근거 없이 뿜어져 나오는 훈훈한 미소라고 할 수 있다. 피파 온라인에 인생을 걸고 있는 걸 보고 내가 공부나 하라며 타박할 때, 씩 웃으며 "이 판만 하고요" 할 때 나오는 미소. 아침에 먹으려고 소중히 남겨놓은 나의 교촌 간장치킨을 발견했을 때 나오는 그 의미심장한 미소. 뼈다귀밖에 남지 않은 치킨 박스를 보고 격노하는 나를 무장해제시키는 그 시골스러운 미소. 그 미소는 정말로 너무나 멋져서 누구나 한 번이라도 본다면 호식이를 좋아할 수밖에 없으리라. **물론, 나 역시 언제나 밝은 이 소년을 몹시 좋아했다.**

세상은 항상 아름답다
우리의 마음이 탐욕으로 어두울 뿐이다

송파대로 버스환승정류장, 2013

그런 호식이가 암에 걸렸다. 혈액암. 그것은 일종의 백혈병인데, 암세포가 혈액을 타고 돌아다니는 몹쓸 병이라고 했다. 입에 담기조차 무서운 병. 동생이 침통한 목소리로 말해줬고 나는 가슴이 찢어지는 것 같았다. 아직 고등학생인데, 앞날이 창창한 소년인데, 왜 이렇게 중요한 시기를 병원 소독약 냄새를 맡으며 보내야 할까. 도대체 누가 이 따위 세상이 살 만하다고 말할 수 있을까. 인생은 왜 항상 이 따위일까.

하지만 다행히도, 참 다행히도 호식이의 병은 조기에 발견된 덕분에 적절한 치료를 받을 수 있었다. 비록 학교를 휴학해야 하고, 머리카락도 깨끗하게 밀어야 했고, 나는 상상도 못할 고통스러운 항암 치료를 받아야 했지만, 호식이는 버텨냈다. 아마도 특유의 멋진 미소로 그 힘겨운 과정을 버텨냈을 것이다. 그리하여 호식이는 완치 판정은 아니지만 일단 현재로서는 몸에 암세포가 없는 긍정적인 상태로 회복했다. 정말로 다행스러운 일이다.

시간이 좀 더 흘러 호식이가 다시 우리 집에 놀러 왔다. 큰 병을 겪은 사람에게 해줄 적당한 말이 떠오르지 않아, 동생과 호식이와 나는 TV를 틀어놓은 채 계속 보고만 있었다. TV에서는 군인들이 나와 고생을 하는 점만이 특색이라 할, 가학적인 예능이 나오고 있었다. "너 삭발한 거 되게 웃긴 거 아냐" 뭐 이런 농담으로 대화를 풀어나가려고 생각하고 있을 때, 호식이가 문득 예의 그 미소를 만면에 띠며,

"형, 저는 군대 안 간대요. 암 환자는 면제래요"

라고 무척 의기양양하게 말했다. "도규호, 너는 군대 잘 다녀와라. 내가 편지할게"라는 말도 잊지 않고 덧붙였다.

아! 세상에 태어나서 이렇게 긍정적인 인간을 또 본 적이 있던가. 대한민국에서는 암에 걸려도 군대만 안 가면 장땡인 건가? 나는 진심으로 어이가 없어서 웃어버렸다. 옆에서 호식이와 규호도 낄낄대고 웃고 있었다. 멋진 미소로 대책 없이 웃고 있는 호식이를 보며, 나는 정말로 희망이란 어디에나 있을 수 있다고 생각했다. 그렇다. 호식이처럼 당당하고 긍정적으로 바라본다면, 세상은 항상 아름다울 수 있었다. 우리의 마음이 어지러울 뿐.

호식이의 꿈은 경찰이라고 한다. 근거 없이 뿜어져 나오는 호식이의 미소는 민중의 지팡이로서 손색이 없으리라. 빳빳한 제복을 입어도 구수한 그 얼굴만큼은 어쩔 수 없겠지만, 그럭저럭 잘 어울릴 것 같았다. 이런 생각을 하면서 언젠가 나의 결혼식에 동생 친구 자격으로 참석한 제복 차림의 호식이를 상상해보았다. 그리고 호식이와 함께 기념사진을 찍을 수 있기를, 내가 사랑한 그 미소가 여전히 아름답기를 진심으로 희망했다.

YES
YOU ARE
ALIVE!

살아 있네!

홍익대학교 샛길, 2014

(위로)

외롭고 쓸쓸해서, 스티커

스티커 붙이는 아이들

내 기억 속의 둘리는 쓸쓸한 캐릭터였다. 둘리를 떠올리면, 고길동 씨에게 잔뜩 혼이 나 집 밖으로 쫓겨나서 가로등이 켜진 담벼락 앞을 조용히 서성거리던 장면이 생각난다. 또 희동이와 친구들을 그리워하며 쓸쓸해하다가 이내 심심해져서 화려하지만 서글픈 요술을 부리곤 하는 것이 좀 우울해 보이기도 했다. **결정적으로 항상 잃어버린 엄마를 그리워하기도 했고.**

송파구 문정동 시영아파트, 2012

　그 초록색 아기 공룡이 살아갔던 여기 서울, 그와 비슷하게 외롭고 쓸쓸한 아이들이 담벼락에 스티커를 붙이면서 혼자 놀고 있다. 학원 차를 기다리는 아이, 친구들과 헤어졌지만 집에 들어가기는 싫은 아이, 야근하는 엄마와 아빠를 그리워하는 아이. 그런 아이들이 만들어낸 쓸쓸한 분위기의 담벼락들이 서울 이곳저곳에 숨어 있는 것이다.

　물론 스티커를 붙이는 아이들이 모두 외롭고 쓸쓸하진 않을 것이다. 오히려 즐겁고 유쾌한 놀이일 수도 있다. 다만 스티커 낙서들을 보고 있노라면 그런 감정들이 떠오를 뿐이다. 나는 둘리의 요상한 마술들도 좋아했지만, 그 만화 영화의 쓸쓸한 분위기를 더 좋아했던 좀 우울한 꼬마였으며 여전히 그런 성향의 사람이기 때문이다. 그리하여 언젠가부터 나는, 거리에서 마주하는 스티커 낙서들에서 꽤 공통된 정서와 의미 그리고 기능을 발견하기 시작했다.

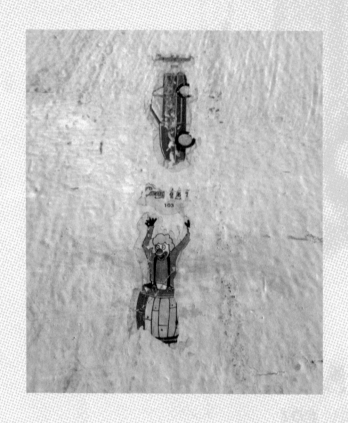

북 치는 피에로

① 외롭지만 즐겁게

아이들이 벽에 붙이는 스티커들은 대개 과자나 껌, 빵 따위에 들어 있는 부록들이다. 나 어릴 적에는 50원짜리 덴버 껌과 치토스 안에, 좀 커서는 국진이빵 같은 주전부리에 스티커가 들어 있었다. 모두 아이들 취향에 맞춰 조악하지만 앙증맞게 디자인된 것들이었다. 귀여운 우리는 스티커의 캐릭터처럼 신나고 즐거운 얼굴로 그것들을 모으고 어딘가에 몰래 붙이곤 했다. 이 전통은 여전히 계속되어, 피카츄 빵과 유희왕 카드를 모으는 세대까지 이어지고 있는 것 같다. 그렇게 붙은 스티커들은 처음에는 알록달록 밝고 예쁜 모습으로 아이들의 마음을 위로해준다. 그러나 이윽고 시간이 지나고 아이들이 하나둘 떠나게 되면, 그것들은 점점 본래의 색을 잃어버리게 된다. 밝고 예쁜 표정만큼은 처음 그대로이지만, 더 이상 누구의 관심도 끌지 못하고 또 누구에게도 위로가 되지 못하면서, 그저 아이가 처음에 지정해준 그 자리를 쓸쓸히 지키고 있을 뿐이다.

이것은 마치 네온사인이 꺼진 뒤 홀로 서 있는 맥도날드의 피에로나, 잊힌 아이돌의 브로마이드에서 느껴지는 감정과 비슷하다. 오래된 추억이 스며 있지만 버려진 장소의 냄새. 내가 발견했던 모든 종류의 스티커 낙서들은 그렇게 즐거우면서도 혼자 외롭게 서울의 거리를 장식하고 있었다.

② 거리에서 발굴한 어린 작가들

　그렇게 즐거우면서도 외로운 스티커 낙서는 서울의 주택가나 아파트 등에서 흔히 발견할 수 있다. 당신이 만약 이 책을 읽고 주변의 낙서를 찾아보려고 한다면, 아마도 스티커 낙서들을 가장 먼저 발견할 것이다. 하지만 이렇게 지천에 깔린 스티커 낙서들 중에서도 유독 눈에 띄는 것들이 있다. 마치 추상미술처럼 예술성이 깃든 것들이다. 특히나 예술성과 수집벽을 갖춘 아이가 붙인 스티커 낙서일수록 그렇다. 대개 이러한 낙서들은 한 개에서 세 개 정도가 연달아 붙어 있지만, 이 예술가 어린이들은 평균보다 더 많은 스티커를 붙여 '시리즈'를 작업하는 것이다. 무미건조했던 벽이 자신이 붙인 알록달록한 스티커 덕분에 점점 창조적인 작품으로 진화하는 것이 맘에 들어서인지 계속해서 붙이고 또 붙이는 것이다. 그렇게 완성된 '스티커가 있는 담벼락'을 카메라에 담으면 칸딘스키 작품 못지않은 독특한 「구성」 연작이 탄생한다.

　이러한 작품들은 저속한 대중문화를 반영한 키치적인 현대미술을 연상시킨다. 코 묻은 돈을 끌어모아 큰돈을 버는 과자 회사들의 상술이 '스티커'들에 나열되어 있으니 그럴 만하다. 하지만 좀 더 자세히 들여다보면 그 벽에는 외롭고 쓸쓸했던 아이들의 서정이 내포되어 있고, 규칙과 질서를 무시한 구성의 즉흥성이 있으며, 주변에 흡수되어 하나의 풍경이 되는 멋이 있다. 서울의 어린 스티커 작가들이 만든 담벼락을 찾아내고 그들을 발굴해내는 것은 나에게 참 즐거운 작업이다.

Composition
with
stickers

흑석동, 2013

③ 그렇게 발견한 스티커 낙서의 기능

그래서 나는 거리의 스티커들 중에서 예술적으로 의미가 있다 싶은 것들만 카메라에 담았다. 그러나 모든 낙서들이 그러하듯, 예술성이 없는 스티커 낙서들이라 하더라도 거기에는 어떤 의미가 있었다. 그것은 내가 유년 시절에 살았던 아파트에 낙서를 수집하러 갔을 때 어린 나와 내 친구들이 붙여놓은 것 같은 스티커 낙서들을 발견하면서 깨달은 것이었다. 나는 그 익숙한 스티커들을 열정적으로 야구를 하던 4동과 5동 사이의 아파트 담벼락에서, 죽도록 가기 싫었던 피아노 교습소가 있던 곳에서, 그리고 속셈학원 차를 기다리던 아파트 입구 등에서 발견할 수 있었다. 그리고 자연스럽게 나의 어린 시절이 떠올랐다. 밖에 나갔다 들어오면 따스하게 안아주던 나의 젊은 어머니, 보조 바퀴를 단 자전거를 타고 아파트를 질주하던 순간, 그리고 짝사랑하던 여자애와의 추억까지, 마음속 깊숙이 묻어놓아 잊어버렸던 순간들이 떠오른 것이다.

스티커 낙서에는 그렇게 너와 나의 유년 시절을 떠올리게 하는 기능이 있다. 스티커는 세제나 아세톤으로 잘 지워지지 않아 벽을 새로 칠하지 않는 이상 남아 있기 마련이다. 가슴이 헛헛할 때, 추억으로 가슴을 데워주는 기능이 있고, 어른의 세계가 감당하기 벅찰 때 원래 있던 그 자리에서 여전히 외롭고 쓸쓸한 우리를 위로해주는 기능이 있다.

그러니까 당신이 이 책을 읽고 낙서를 찾아보려고 한다면, 정말로 그런 잉여로운 일을 하고 싶다면, 나는 예전에 당신이 살던 오래된 동네에 가보길 권한다. 아마도 어렵지 않게 외롭고 쓸쓸해 보이는 스티커들을 발견할 수 있을 것이고, 그 스티커를 붙였던 아이들의 심정을 느낄 수 있을 것이다. 그리고 어떤 낙서에서는 마치 파인아트를 마주하듯 특별한 느낌을 받을 수도 있을 것이며, 이윽고 당신이 잊어버렸던 유년 시절의 장면이 떠올라 작은 위로를 받을 수도 있을 것이다.

중구 만리동, 2013

추워요 안아주세요

" '추워요, 안아줘요.'
　　스타벅스에서 번 보면서
　　낙서하는 분들은
　　　　어떤 사람들일까요

　　　　　알고 싶어요
　　　　　모두 나와 같은지
　　　　　나는 너무 외로워요
　　　　　누가 나 좀 안아주세요······"

* 2013년, 한국예술종합학교에서 찍은 낙서 사진 아래 광화문 스타벅스에서 본 낙서를 옮겨 적었다.

"당신이 필요해요"

자살 의심자를 좇는 산행

①

나는 전투 경찰로 군 생활을 했다. 본래는 육군으로 지원했지만, 어쩐 일인지 훈련소에서 경찰 병력으로 차출되어 2년간 군복이 아닌 경찰 제복을 입어야 했던 것이다. 나는 어렸을 때, 장래희망이 뭐냐는 질문을 받으면 별 생각 없이 '경찰관'이라고 답하곤 했는데, 군 입대만으로 아무런 노력 없이 어릴 적 꿈을 이뤄버린 것이다. 당시엔 이런 상황이 우습다고만 생각했지만 **지금 돌이켜보면 경찰 병력 동원은 국가가 개인에게 행할 수 있는 폭력적 강요 중 하나가 아닐까 싶다.**

아무튼 전투경찰이라고 하면, 사람들은 으레 커다란 방패를 들고 시위를 진압하는 격한 이미지를 떠올리지만, 사실 저 멀리 강원도 인제 경찰서에서 근무했던 나는 시위 진압이란 것은 한 번도 해본 적이 없다. 그곳은 믿기지 않을 정도로 평화로운 동네였기 때문에, 나에게 주어진 일이라곤 유희왕 카드가 없어졌다는 9세 남아의 112 신고전화 받기, 음주운전 단속하다가 막걸리 한잔 걸치신 동네 아저씨와 싸우기, 경계근무라는 명목으로 경찰서 대문 앞에 그냥 서 있기 등이었다. 어쨌든 그곳도 군대 조직이라 나름대로 고충은 있었지만, 서울 지역으로 차출되어 촛불 시위를 막아야 했던 나의 동기들보다는 훨씬 편하게 군 생활을 한 셈이다.

그런 지루하고 평화로웠던 나의 군 생활에 있어 가장 큰 사건은 전역을 앞두고 있었던 2008년 초여름에 일어났다. '말년'이라는 무소불위의 권력을 얻은 당시의 나는 새로 들어온 신병의 여자 관계를 조사하거나, 체력 단련실에서 동기 김병만과 결코 끝나지 않는 내기 탁구를 치거나 하는 식으로 한심하게 시간을 죽이고 있었다. 그러던 어느 일요일의 새벽 5시 30분, 비상시에만 울리기 때문에 근 2년간 한 번도 기능하지 않았던 내무반 비상등이 몹시 소란스럽게 울렸다. 그 불쾌한 소리에 비몽사몽 깨어난 나는, 어스름한 새벽빛과 비상등에서 비치는 붉은 빛으로 뒤섞인 내무반을 바라보며 현실과 비현실의 경계에 있는 듯한 느낌을 받았다. 그리고 몇 초 뒤에 헐레벌떡 뛰어온 후임 하나가 다급

하게 말을 전했다.

"지금 바로 출동하시랍니다. **자살 의심자**가 이리로 오고 있답니다."

자살 의심자

②

도대체 '자살 의심자'란 무엇인가? 나는 현장으로 출동하는 순찰차 안에서 이 사건의 개요를 들을 수 있었는데, 상황은 대략 이러했다. 어제 오후, 서울에서 수면제 과다 복용으로 자살 시도를 했던 30대 후반의 여자가 있었다. 하지만 다행히 일찍 발견된 여자는 응급치료를 받았고 자살 기도는 실패로 돌아갔다. 그러나 병원에서 안정을 취하던 여자가 오늘 새벽 갑작스레 자신의 차를 몰고 어디론가 사라졌고, 실종 신고를 받은 경찰은 도로 상황 CCTV를 추적하여 그 여자의 차량이 현재 우리 경찰서 관할 지역인 설악산으로 향하고 있다는 사실을 알게 됐다. 그래서 우리는 절벽이 많아 위험한 설악산에서, 곧 자살을 시도할 것이 매우 유력한 그 여자를 찾아내야 한다는 것이었다. 편의를 위해 그 여자는 '자살 의심자'라고 불렀다.

그리하여 강원도 인제의 경찰관들은 세 명씩 팀을 나눠 설악산을 수색하게 됐다. 나는 경찰이 자살 방지 업무까지 담당해야 한다는 사실이 잘 이해가 되지 않았고, 사건 자체도 묘하게 비현실적이라 적당히 찾는 시늉을 하다가 어딘가에 숨어 모자란 잠이나 보충할 생각이었다. 같은 팀이 된 연세가 지긋하신 경찰관 김 경위님도 나와 비슷한 생각인 것 같았고, 나머지 한 명은 이번에 새로 들어온 신임이었으므로 충분히 가능한 시나리오 같았다. 만사가 귀찮은 말년 병장이었던 나는 그때까지는 사건의 중요성을 잘 몰랐던 것이다. 그렇게 나는 초여름의 빛나는 설악산에서 '자살 의심자 찾기'라는 이상한 산행을 시작하게 됐다.

그러나 적당히 하다 그만둘 요량이었던 나의 산행은 생각처럼 쉬이 끝나지 않았다. 그것은 자살 의심자의 복장 때문이었는데, 여자가 병원에서 사라질 때 입고 있었던 바지가 결정적으로 빨간색 스키니진이라는 것이다. 아무도 설악산에 오를 때 빨간색 스키니진을 입지 않는다. 게다가 하필이면 그 자살 의심자는 우리가 수색하기로 한 방향으로 올라가고 있었기 때문에, 하산객들에게 물어보면 "그 여자, 한 시간쯤 전에 이쪽으로 올라갔다"라는 요지의 대답을 들을 수 있었다. 그렇게 우리는 자살 의심자를 뒤쫓아야 했다. 동행한 김 경위님은 체력 탓인지 중간에 퍼져버렸고, 비실비실해 보이던 신병도 조금 더 가다가 마찬가지로 주저앉았다. 나는 그 배은망덕한 후임병을 보며 정신이 번쩍 들었다. 한 시간 정도의 거리를 두고 이제 곧 자살을 하려고 하는 여자를 나

다 줄 테니까 제발 죽지 마
I'll give you everything
So don't die

마포구 서교동 와우산로 29마길, 2013

홀로 뒤쫓고 있다는 무지막지한 사실을 실감한 것이다. 설악산은 계속 가팔랐고 나의 걸음은 빨라졌다.

빨간색 스키니진은 정말로 독특한 산행 복장이라 사람들 눈에 잘 띄었고, 나는 하산객들이 알려준 방향대로 빨리 쫓아갔기 때문에 거리를 좁힐 수 있었다. 정말 죽을 것처럼 힘들었다. 숨이 턱까지 차올랐고 무릎 구석구석이 쑤셨으며 땀은 비 오듯 떨어지고 있었다. 나중에는 '이 아줌마 잡히기만 해봐라'라는 오기로 산을 탔다. 그리고 조금 더 걸어 작은 암자를 지날 때쯤, 마침내 말로만 듣던 그 빨간색 스키니진이 어렴풋이 보였다. 나는 머리끝까지 화가 났다. 일요일 아침에 별안간 이름도 모르는 여자 때문에 벅찬 산행을 해서였는지, 아니면 초록빛으로 물들어 우스울 정도로 아름다운 이 산에서 스스로 목숨을 끊으려 한다는 게 이해가 안 돼서였는지, 아무튼 왜 그렇게까지 화가 났는지는 지금도 잘 모르겠지만 어찌 됐든 정말로 무척 격앙된 채로 그 자살 의심자를 향해 전속력으로 달려갔다. 마침내 그 자살 의심자를 잡았다. 그러곤 나도 모르게 내 쪽으로 확 잡아 당겼다. 여자의 얼굴이 보였다. 여자는 울고 있었다.

③

아무도 설악산을 오를 때 스모키 화장을 하지 않는다. 하지만 그녀는 죽으러 가는 길에서까지 스모키 화장을 하고 있었고, 그리하여 검은 눈물 자국이 그대로 남은 얼굴이었다. 산행 내내 울고 있었던 것이다. 그 얼굴을 보니 격앙된 내 감정은 순식간에 가라앉았다. 너무도 가냘프고 외로운 얼굴이었다. 그녀의 절절한 사연이 무엇인지는 알 길이 없었지만, 그 절박한 마음만은 나에게 전해졌다. 여자는 나를 보며 "아저씨……" 하고 짧게 내뱉곤 그 자리에 주저앉아 다시 울기 시작했다. 뭔가 도움을 구하려는 것 같았는데 알아들을 수가 없었다. 나는 그저 씩씩 차오르는 숨을 고르며 서 있을 뿐이었다. 나는 이제 무엇을 해야 하나. 무언가 말해줘야 하나 생각했지만 결국 아무것도 하지 않고 여자를 부축해서 근처의 암자로 데리고 갔다. 스님도 아무 말 없이 받아주었다.

얼마쯤 지나자 신병이 암자에 도착했다. 나는 말년 병장 앞에서 임무를 포기한 그 신병을 할 수 있는 모든 방법을 동원해서 갈궜다. 어떤 방법인지는 정확히 밝히진 않겠지만 아마 그 신병은 그날 지옥에서 갓 올라온 악마를 봤을 것이다. 그 뒤에는 김 경위님이 도착했고, 한참 뒤에 그녀의 남편과 딸로 보이는 어린애가 도착했다.

그녀가 서울 소재의 어느 대학에서 의상학을 가르치는 교수라는 사실은 김 경위님과 남편과의 대화를 통해 알게 되었다. 남편은 이어서 아내가 아주 오래전부터 심한 우울증을 앓고 있었고 이러한 '자살 의심' 상황이 처음이 아니라고 했다. 그러곤 나에게 다가와서 정말로 고맙다고 짧게 말하곤, 우리에게 딸을 맡긴 뒤 김 경위님과 함께 여자가 있는 암자의 작은 방으로 들어갔다.

그녀의 딸은 조잘조잘 말이 많았다. "아저씨 경찰이야?"로 시작된 그 애의 질문은 여자와 그녀의 남편이 방에서 나오기까지 긴 시간 동안 다양하게 이어졌다. 나는 평소에 어린애들과 함께 노는 걸 좋아하는 편이지만, 그날은 마음 편히 놀아줄 수 없었다. 방금 전에 목격한 자살 의심자의 얼굴과 그 여자애의 얼굴이 많이 닮았기 때문이었다. 그 비슷한 얼굴을 보면서, 이 사랑스러운 딸아이를 남겨두고 죽기로 결정한 것은 분명 잘못된 일이라고 생각했지만, 다른 한편으론 가냘프고 외롭고 절박한 얼굴로 "아저씨……"라며 도움을 바라던 여자의 모습이 떠올라서 마음이 복잡해졌다. 누구나 각자의 삶이 있고, 그만큼 함부로 속단해서는 안 되는 슬픔이 있을 것 같았다.

남편은 경찰서에서 간단한 조사를 마치고 아내와 딸을 데리고 다시 서울로 돌아갔다. 딸아이는 아빠가 시키는 대로 "경찰 아저씨, 안녕히 계세요"라고 밝고 명랑하게 인사했다.

④

나는 저녁이 다 돼서야 내무반에 도착할 수 있었다. 옷을 갈아입는데 사물함에 붙어 있는 시가 눈에 띄었다. 소녀시대 유리의 사진 아래 색이 바랜 채 붙어 있던 그 시는, 내가 여자친구랑 헤어지고 죽고 싶을 정도로 힘들었을 때, 절친한 친구가 읽으라고 보내준 브레히트의 시였다. 나는 무지해서 그 시인이 누군지, 어떤 시를 쓰는 사람인지 전혀 아는 바가 없었지만, 시 구절 하나하나에서 나를 생각해주는 친구의 따듯한 마음만은 깊이 와 닿았다. 실연의 아픔이 어느 정도 잦아들고 나서는 그 시를 사물함에서 떼어버릴까 싶었지만 진심으로 나를 위로해준 그 친구가 생각나서 그냥 붙여놓았다. 그리고 그날, 다시 한 번 이 시를 천천히 읽어보았다.

내가 사랑하는 사람이
나에게 말했다
"당신이 필요해요"

그래서
나는 정신을 차리고
길을 걷는다
빗방울까지도 두려워하면서
그것에 맞아 살해되어서는 안 되겠기에

_「아침저녁으로 읽기 위하여」, 베르톨트 브레히트(김남주 옮김, 푸른숲, 1995)

인간 - 공간 - 도시

책임이란 타인에게 대답을 하는 결단이다.

책임이란

한국예술종합학교 학생회관, 2013

이 시의 화자는 무슨 일이 있어도 죽을 수가 없다. 아무리 힘들어
도 자살 따위는 선택할 수 없다. 사랑하는 사람이 "당신이 필요하다"라
고 말해줬기 때문이다. 그래서 화자는 빗방울까지도 두려워하면서 길
을 걸어야 한다.

그녀가 화장이 얼룩진 얼굴로 나를 쳐다봤을 때, 이 시를 그녀에게
전해줬어야 했다는 생각이 들었다. "당신이 아무리 엄청난 우울에 갇혀
있다 하더라도, 당신에게는 당신을 사랑하는 딸이 있고, 그 어린애는 당
신을 꼭 필요로 한다. 그러니 다시는 죽을 생각 하지 마라. 이 시처럼 빗
방울까지 두려워하면서 살아달라"라고 위로해줬어야 했다. 이런 생각
을 하고 있을 때, 동기 김병만이 기분 전환 겸 내기 탁구를 치자고 했지
만 나는 그냥 샤워를 했다. 오랫동안.

그로부터 4년 뒤 2012년. 예비군이 된 나는 당시 사귀던 여자친구
와 함께 홍대의 어느 피어싱 가게에 있었다. 여자친구가 귓불 아래쪽
에 귀엽게 구멍을 뚫을 동안 가게 뒤편 골목에서 심심하게 담배를 태우
던 나는 '다 줄 테니 제발 죽지 마라'라는 낙서를 발견했다. 여기 서울
어딘가에서는 또 누군가가 깊은 우울을 겪고 있고, 그 사람을 사랑하는
사람이 '제발 죽지 말아 달라, 당신이 필요하다'라고 말하고 있었던 것
이다. 그리하여 나는 그동안 잊고 지내던 설악산에서의 이상한 산행이
떠올랐다. 그녀와 그녀의 딸, 그리고 무뚝뚝해 보이던 그 남편은 지금
어떻게 지내고 있을까, 하는 생각이 잠시 찾아들었고, 이내 그때 그 순

간에 위로의 말을 전하지 못한 것이 다시 한 번 후회스러웠다.

집으로 돌아오는 길에 여자친구에게 앞의 낙서 사진을 보여주면서, 자살 의심자와 함께했던 그날의 산행에 대해 들려주었다. 당시 상황을 잘 전달해보려 여러 방향으로 이야기했지만, 깊은 우울감에 빠져 있던 여자의 얼굴만큼은 잘 설명할 수 없었다. 이야기를 마치면서 나는, 만약 너에게 아무리 힘든 일이 닥치더라도, 나에게는 네가 꼭 필요하다는 사실을 기억해달라고, 어떤 상황에서든지 내가 위로의 존재가 됐으면 좋겠다고 덧붙였다. 여자친구는 수줍게 웃어줬다.

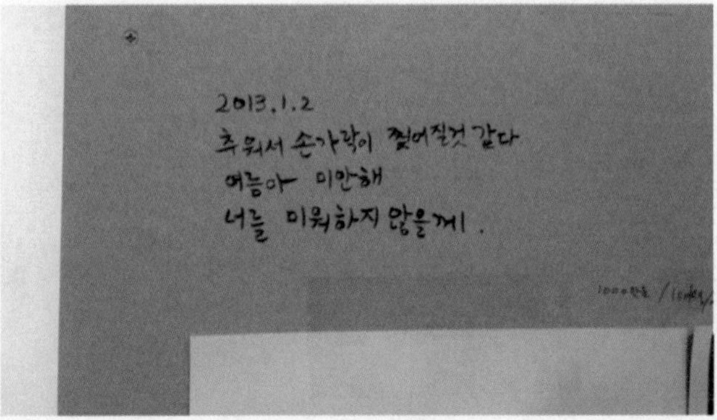

수원시 영통구 소규모 커피공장, 2013

청춘의
질문

홍대 앞 안철수
사라질 골목 한가운데에서

청춘의 질문

☆ ☆ ☆ ☆ ☆ ☆ 2012 ☆ ☆ ☆ ☆ ☆ ☆

마포구 서교동 331-18, 2012

홍 대 앞 안 철 수

노숙자 잠자리 소변 주지 마세요

18대 대통령 선거가 한창이던 2012년 겨울. 대한민국은 뜨겁게 달아올랐다. 아버지와 아들이 마주한 식탁에서, 청년과 장년이 뒤섞인 막걸리 집에서, 그리고 네이버와 다음에서 갑론을박이 반복되며 살벌한 '썰전'이 이어지고 있었던 것이다. 나는 그 뜨거운 기간 동안, 거리에 쏟아지는 정치에 관한 낙서들을 수집할 수 있었다. 주로 음침한 화장실이나 어둑한 거리의 공사 가벽 등 어느 정도 익명성이 보장된 장소에서 발견할 수 있었는데, 하나같이 원색적인 욕설이 가미된 것들이었다.

; **독재자들**

IT의 독재자는 아이폰과 건강한 IT생태계를,
공산주의의 독재자는 악랄한 3대 세습을 남기고

서로 비슷한 시기에 사망했다.

홍대 놀이터 화장실 벽, 2012

홍대에는 특히 안철수에 관한 낙서가 많았다. 주로 상대편 후보 혹은 당시의 정치 상황을 비난하는 내용으로 시작되는 그 낙서들은, 대부분 철수 씨의 새정치를 기대한다는 희망적인 내용으로 끝났다. 형식은 거친 구호에서 재기 발랄한 농담과 그림까지 다양했다. 가끔 그러한 낙서들 아래 "도대체 새로운 정치라는 게 뭐냐"라며 따지는 낙서들이 이어지기도 했고 "늬들은 아직 어려서 잘 모른다"라는 꼰대스러운 훈계들도 볼 수 있었다. 개인적으로 공감 가는 내용이 많았지만, 때론 울컥하여 반박하고 싶은 것도 있었다. 하지만 어떤 내용의 낙서든지 우리 사회가 지금보다 더 나아지길 바란다는 공통점이 있었다. 일종의 건강한 풍경이었다. 다만, 밑도 끝도 없이 빨간색을 들이대는 구절들에서는 몹시 불쾌해졌다.

그러나 철수 씨는 상식이 통하는 새정치를 보여주기도 전에 대선 후보직에서 사퇴했다. 별로 새롭지 않았던 그의 선택은, 서교동의 젊은 지지자들에게 다시 한 번 정치에 대한 허무감과 실망감을 안겨줬을 것이다. 그 이후로 철수 씨에 대한 낙서들은 점점 눈에 띄지 않았고, 젊은 거리를 뒤덮은 어떤 열망들도 거짓말처럼 사라졌다. 그리고 얼마 뒤, 창조 경제를 이룩하겠다는 후보가 대통령에 당선되었다. 그 뒤로는 어떤 대변인이 인턴 여직원의 엉덩이를 만졌다는 소문이 돌았고, 또 어떤 정보기관은 부정한 방법으로 선거를 도왔다는 소문도 돌았으며, 공권력을 가진 어떤 이들이 멀쩡한 언론사 건물에 침입해서 믹스커피 한 봉을

홈쳐 갔다는 말도 안 되는 이야기가 전하기도 했다. 그리고 대학가에 대자보가 붙기 시작했다.

"어떻게 안녕들 하시냐"라고.

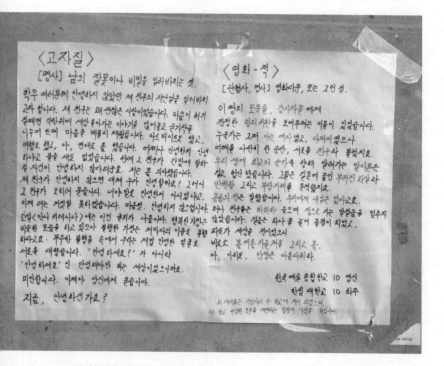

한국예술종합학교 예술정보관, 2013

또 잠실야구장 한편에 써 있는 낙서를 보면서, 나는 우리의 정치를 생각하고 있었다. 내가 그들에게 바라는 것은 별로 큰 것이 아니었다. 노숙자 잠자리에 소변 주지 말라는 저 처절한 낙서들이 조금씩 없어졌으면 하는 마음이었다. 무책임하게 청춘이니까 아픈 거라 하지 말고, 어디가 어떻게 왜 아픈지 함께 고민해줄 어른들이 필요했을 뿐이다. 그리고 대자보 따위가 언론의 역할을 하지 않았으면 했던 것이다. 그러니까 나는 2012년 홍대 앞을 가득 채운 낙서들이 결국 이런 소박한 희망들이 반영된 것이라 생각했다. 철수 씨가 대단한 정치가라서가 아니라, 우리에겐 그저 말이 좀 통하는 어른이 절실하게 필요한 것이 아니었을까, 싶은 것이다.

홍대 앞 안철수 낙서들은 이제 지워지고 훼손되어 좀처럼 찾아볼 수 없다. 하지만 나는 여기에 격정적이었던 그 시기의 낙서들 말고, 속없이 웃고 있는 철수 씨의 스티커를 남겨놓으려고 한다. 바리케이트에 짱돌을 던지기보다는, 답답하고 억울해도 꾹 참고 웃어야 살 수 있는 세상이 아닌가.

노숙자
잠자리
소변 주지 마세요

잠실야구장 3루 쪽 매표소 부근, 2012

말 하 는 벽

바보?

민주주의 최후의 보루는

깨어 있는 시민들의
조직된 힘입니다.

송파구 문정동 시영아파트 담벼락, 2014

사 라 질   골 목   한 가 운 데 에 서

피맛골 단상

종로의 피맛골은 고갈비와 생선구이를 안주 삼아 운치 있게 막걸리 한잔할 수 있는 곳으로, 나도 20대 초반에는 종종 들러 한잔씩 하곤 했다. 지금보다 훨씬 더 막걸리에 취약했던 나는 갈 때마다 만신창이가 되거나 망나니가 되곤 했는데, 한번은 근엄했던 조경과 K선배님께 "형 설계는 좀 촌스러운 거 같아요, 조경을 잘 모르……"까지 말하다가 좀 일찍 세상을 뜰 뻔했다. 또 언젠가는 막걸리를 너무 과하게 마셔 화장실에서 양껏 토하고 돌아왔더니, 친절한 동기 MJ가 토 냄새 난다며 주점에 있던 오렌지 향 에프킬라를 잔뜩 뿌려준 적도 있었다. 혹시 이런 객기도 청춘이라 할 수 있다면, 분명히 피맛골에는 오렌지 향 나는 스무 살 나의 청춘이 남아 있을 것이다.

　피맛골이란, '조선 시대 백성들이 고관들의 말을 피해 다니는 길'
이라는 뜻의 피마避馬에서 유래했다고 한다(두산 백과사전에 그렇게 나와
있다). 백성들은 종로를 지나가다 '말을 탄 고관들'을 마주치면 무조건
행차가 끝날 때까지 엎드려 있어야 했는데, 이런 번거로움을 피하기 위
해 큰 길 옆, 좁은 골목길로 다녔다는 것이다. 즉 **피맛골이란, 말을 타지
못한 자들의 세계였던 것이다.**

　그러다 보니 자연스럽게 백성들이 자주 애용하는 선술집이나 국밥
집, 그리고 색주가까지 생겨나 종로의 명소로 거듭났다. 그리고 이 사람
냄새 나는 거리는 계속해서 이어져, 근대 지식인과 1980~90년대 학생
들, 직장인들 그리고 2000년대의 나한테까지 맛깔스런 빈대떡과 해장
국을 제공하게 된 것이다. 전통과 역사를 생각하는 사람들에게 피맛골
은 몹시 당연하게 지켜져야 하고, 유지되어야 했다.

　그런데 2009년, 건축과에 다니던 친구가 '피맛골 재개발에 대한
간단한 컨셉 공모전'이 있는데 같이 해보지 않겠느냐고 물었다. 그 당
시 서울에서는 '디자인 서울'이라는 기치 아래, 여러 가지 요상하거나
이질적인 프로젝트가 진행되고 있었고, 종로의 노른자 땅이었던 피맛
골도 그 대상 지역이었던 것이다. 즉, 몇백 년을 이어왔던 그 피맛골이
없어진다는 것인데, 내가 피맛골의 마지막을 보는 세대라 생각하니 묘
하기도 하고 안타깝기도 했다. 부분 재보수라면 몰라도 그 사연 많은
거리를 다 들어내는 계획이라니……. 나는 그동안 막걸리와 좀 친해지

기도 했고, 피맛골의 고갈비가 그립기도 하여, 공모전을 핑계 삼아 그 친구와 함께 답사를 다녀오기로 했다.

　오후쯤 도착한 피맛골은 재개발 때문인지 어수선한 분위기였지만 사람들은 복작복작 많았다. 아마도 폐점 특수를 누리는 것 같았다. 나는 그날의 답사에서, 자료 사진보다는 낙서 사진을 더 많이 찍을 수 있었는데, 역사가 오래된 만큼 구수한 정서의 낙서들이 많이 널려 있었기 때문이다. 그리고 종종 파전을 먹던 주점 쪽 벽에서, 한 면에 빼곡하게 피맛골의 역사와 유래를 적어놓은 낙서도 발견(다음 장에 실어둠)할 수 있었다. 중간 중간 그림이 들어간 이 재미있는 낙서는, 이 거리에 얼마나 많은 사람들이 거쳐 갔는지, 어찌나 많은 이야기가 담겨 있는지 당신은 아느냐, 이렇게 좋은 거리가 없어져서야 되겠느냐는 내용의 일종의 호소문이었다. 아마도 오랜 시간이 피맛골에 의지하고 살아왔던 사람이, 재개발로 인해 자신이 사랑했던 그 거리가 무너지는 것이 너무 안타까워 계획한 낙서인 것 같았고, 그걸 보고 나는 좀 찡해졌다.

　날이 좀 어둑해지고서, 나는 곧 없어질 피맛골의 주점에서 익숙한 생선구이와 내가 취약한 막걸리를 한잔했다. 사실 이곳의 음식들은 맛보다는 분위기로 먹는 것이었다. 빽빽하게 들어선 종로의 고층 건물들 사이에서 위태롭게 생존하고 있는 키 낮은 피맛골은 몇백 년 전에 고관들의 말을 피해야 했던 백성들의 정서가 여전히 묻어났고, 거기에서 배어 나는 독특한 분위기가 있었다. 피맛골의 음식들은 그런 분위기 속에서 먹어야 제맛이었다.

하지만 이곳의 건물들은 곧 헐릴 예정이었고, 이 소중한 냄새와 공기도 사라져버릴 준비를 하고 있었다. 그런 아쉬움에 취해 한 잔 두 잔, 막걸리가 넘어갈수록 생선구이 집의 모든 사람들은 한 목소리를 내고 있었다. 그래, 이렇게 좋은 거리가 없어져서야 되겠느냐!

그리고 2012년, 나는 다시 피맛골을 찾았다. 2008년까지만 해도 600여 개에 달하던 상점들은 재개발로 인해 이전을 하거나 장사를 접어, 지금은 30여 개밖에 남지 않았다. 그런데 간헐적으로 조금씩 남아 있는 종로의 피맛골에서 나는 실로 신기하게도, 예전 답사 때 발견했던 '호소문 낙서'를 다시 볼 수 있었다. 그리고 그 낙서 앞에서 파전을 팔던 주점도 변함없이 유지되고 있었다. 물론 그 낙서의 호소 덕분에 이 거리가 헐리지 않은 것은 아니겠지만 묘하게 감격스러웠다. 하지만 조금 화가 나기도 했다. 당연히 지켜졌어야 하는 것들인데 아직 남아 있다고 고마워해야 할까? 왜 우리의 서울은 자꾸만 지루하게 획일적으로 되어갈까, 싶었던 것이다.

피맛골의 이해 1

종로구 인사동 피맛골, 2009년에 발견한 낙서를 2012년에 다시 찍음.

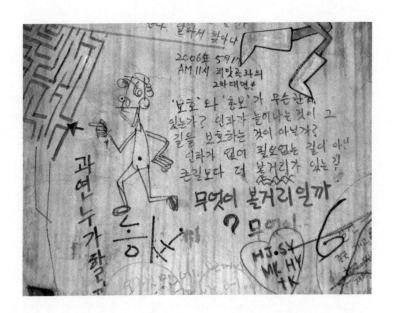

피맛골의 이해 2

종로구 인사동 피맛골, 2014 ⓒ마로

나는 본격적으로 낙서를 수집하면서, '낙서 지도'라는 것을 만들어 보았다. 지금까지 수집한 낙서의 위치를 스티커로 표시하는 것으로 특이한 점이 있다면 홍대나, 이태원, 그리고 내가 살고 있는 문정동 일대에 그 스티커들이 몰려 있다는 것이다. 처음에는 내가 자주 다니는 지역들 이라 그러려니 했는데, 생각해보니 나는 스티커가 드문 강남역과 역삼 역에도 흥청망청 자주 놀았다. 그러니까 방문 빈도 때문은 아니었다.

점점 낙서에 관한 글들이 쌓이고 그에 대한 나만의 관점도 조금씩 생겼을 때, 나는 낙서가 많은 지역과 없는 지역의 차이점은 인간성의 문제라는 결론을 내렸다. 즉, 고층과 저층, 새로움과 오래됨, 그리고 문화의 유무에 관한 것이었다. 확실히 낙서는 고층 빌딩보다는 휴먼 스케일을 느낄 수 있는 저층 건축물들이 밀집된 지역에, 새로 지은 것보다는 오래되어 색이 바랜 곳에, 무엇보다 문화가 다양하고 풍부한 지역에 더 많았던 것이다. 그리고 피맛골처럼 낙서가 많은 곳엔 언제나 사람 사는 냄새가 났고, 특정한 문화가 살아 있었으며, 대부분 놀러 나온 사람들로 북적거렸다. 낙서가 권장할 만한 좋은 것은 아니지만, 좋은 문화가 있는 곳을 따라 그려지는 것만은 분명했다.

하지만 요새는 그런 낙서가 있는 거리들을 많이 찾을 수가 없다. 인터넷이나 스마트폰이 보급되면서 사람들이 펜을 덜 들고 다녀서 그런 것도 있겠으나, 그것보다는 피맛골처럼 좋은 낙서가 있음직한 장소가 점점 더 사라지고 있다는 게 큰 이유일 것이다. 심지어 요새는 홍대 부근에도 대형 프랜차이즈 업체들이 속속 들어오고 건물들은 점점 높이 올라가고 있다. 도곡동과 서교동의 커피점이 서로 비슷해지고 있는 것이다. 무엇이든 획일화는 위험하다.

피맛골의 재개발은 그곳 상인들의 일터를 뺏기도 했거니와 '피하기 위해 생긴 뒷길의 낭만'도 앗아갔다. 그리고 그런 일들은 지금도 서울의 곳곳에서 진행되고 있다. 그래서 조금 위에 계신 교양 있는 분들에게 '디자인 서울'만이 능사가 아님을, 낙서가 많아질수록 거리와 문화는 더 풍부해진다는 사실을 말하고 싶다. 지금의 서울에는 낙서가 많은 거리가 더 필요하다고도 말하고 싶다.

상수동 부근 어느 주차장 담벼락, 2012

광화문 교보문고 앞 가로 판매대, 2013

홍익대학교 부근 골목길, 2013

도덕적으로　흠이　없는 사람

BEYOND
THE
WALL

그 여름의 묘지, 근사한 마음
가나의 낙서들

그 여름의 묘지, 근사한 마음

YOUTH!

스물네 살 여름, 나는 프랑스 파리의 공동묘지 '페르라셰즈Père Lachaise'
에 가고 있었다. 당시 내가 다니던 대학에서는 방학을 맞아 배낭 여행
을 준비하는 학생들에게 비행기 삯과 약간의 여비를 지원해주는 흔치
않은 기회를 주는 프로그램들이 있었고, 나는 유럽의 묘지 여행을 하고
오겠다는 다소 파격적인 내용의 탐방 계획서로 뽑힐 수 있었다. 사실
이 프로그램은 합격만 하면 그다음에는 형식적인 탐방 보고서 정도만
제출하면 되었기에(그게 제일 매력적인 부분이었다) 실제로 묘지에 가지 않
아도 괜찮았다. 하지만 조경학도였던 나는 졸업작품으로 묘지 공원의
조경을 해볼까 고려 중이었고, 어떤 시인의 묘지 여행에 관한 짧은 산
문을 읽은 참이었으며, 묘지를 중심으로 여행을 하면 관광객들의 빤한
경로를 피할 수 있을 것이라 생각해서, 실제로 20일간의 여행 동안 유
럽의 묘지들을 둘러보기로 결심했다. 그리하여 나는 아름다운 베네치
아 섬의 묘지와, 마드리드의 호사스러운 묘지 구석구석을 눈에 담고 나
서 드디어 프랑스에 도착해 **파리의 거대한 공동묘지로 향하고 있었던
것이다.**

페르라셰즈는 이 여행에서 가장 기대했던 하이라이트였다.

그곳은 묘지이자 공원으로 도시 안에 있었고 크기는 서울에 있는 경복궁만 했으며, 감성이 만개하는 파리 시민들의 사랑을 듬뿍 받는 공간이었다. 게다가 쇼팽, 오스카 와일드, 에밀 졸라 등 위대한 예술가들이 이곳에 잠들어 있었고, 프랑스 혁명군의 죽음을 기리는 '코뮌 전사들의 벽Le Mur des Fédérés'도 있었다. 열일곱에 읽었던 『나는 파리의 택시 운전사』에서 홍세화 선생은 이 벽에 관해 언급했고, 나는 그 이야기에 몹시 매료되어 언젠가 대학생이 되면 꼭 한번 가보리라 다짐한 곳이기도 했다. 지금에야 잘 알지도 못하는 사람들의 무덤을 구경하며 무언가 사색을 한다는 것이 스스로의 허영심을 채우기 위한 값비싼 여정이었노라 인정하지만, 어쨌거나 당시의 나는 죽은 그들을 만나러 가는 매우 젊은 사람이었다.

죽은 그들

경희대학교 학생회관, 2013

홍세화 선생처럼, 그 벽에 헌화할 요량으로 근처의 소박하지만 예
쁜 꽃집에 들러 새빨간 장미를 몇 송이 사기로 했다. 준비해 간 여비가
바닥이 나고 있었지만, 빅맥 햄버거 값을 아껴서 작은 사치를 누릴 수
있으니 기뻤다. 꽃집 아가씨는 긴 금발을 질끈 동여매고 검은색 속옷이
비치는 흰색 민소매 티를 입고 있었는데 그 모습이 아주 매력적이었다.
내가 짧은 영어로 저기 저 장미 여덟 송이만 달라고 하자 그녀는 싱그
럽게 웃으며 포장을 시작했다. 그러곤 프랑스어로 뭐라 뭐라 이야기했
는데, 나는 시작부터 알아들을 수 없다는 걸 간파했으므로 그저 가만히
웃어주기만 했다.

페르라셰즈는 묘지라고는 믿을 수 없을 만큼 평화로운 공간이었
다. 1881년 개장 당시 영국식 정원의 개념을 도입한 이 묘지 공원은,
100년이 넘는 시간 동안 확장을 반복하면서도 설립 당시의 의미를 잃
지 않았는지 푸른 자연 속에 다채로운 공간이 계속해서 이어져 있었다.
다만, 아무래도 사랑받는 묘지이다 보니 목가적인 영국 양식을 볼 순
없었다. 나는 물어물어 어렵게 찾아간 코뮌 전사의 벽 앞에 들고 간 장
미를 놓아두었다. 그곳에 묻힌 자들의 깊은 슬픔을 생각하면 어렸을 때
희망했던 일을 이루었다는 나의 뿌듯함은 사실 대단히 부끄러운 것이
었지만, 그래, 나는 부끄럽게도 뿌듯했다. 나는 철없이 젊었다. 그 이후
에는 그 널찍한 묘지 공원을 오랜 시간 돌아다니며, 잘 모르지만 친숙
해 보이는 묘지들을 지나 유명인들의 묘지를 관람했다. 특히 여인들의

키스 마크와 소소한 고백의 낙서로 채워진 오스카 와일드의 묘비가 가
장 인상적이었는데, 죽어서도 뭇 여성들의 마음을 울리는 남자의 무덤
이란 정말로 압도적이었기 때문이다. 살아 있어도 받기 힘든 것이 키스
마크다.

; 오스카 와일드 묘비의 키스 마크

파리 페르라셰즈 묘지, 2012 ⓒ최현지 @shin2chi 1976.tistory.com/381

　그다음에는 적당한 벤치를 찾아, 돈이 없을 때 먹으려고 아껴두었던 칼로리 바를 먹고 마음을 정돈한 뒤에 준비해 간 책을 꺼냈다. 그것은 군대에서 읽었던 『프랑스적인 삶』이라는 책으로, 다시 이 책을 읽게 된다면 내무반 침상이 아니라 프랑스의 어느 벤치에 앉아 읽으리라 다짐했다. 그러나 솔직히 말하자면 나는 서울에서도 공원에 나가 책 읽는 것을 즐겨 하지 않는다. 아니 거의 하지 않는다. 새로 생긴 여자친구에게 잘 보이려 그런 시늉을 몇 번 했을 뿐이다. 그러니까 이것은 허영으로 가득 찬 나의 '책 읽기 판타지'라고 할 수 있는데, 누구에게나 그런 것이 있지 않나. 어떤 사람들은 4년에 한 번이나 겨우 미술관에 갈까 말까 하면서도, 파리에 와선 루브르 박물관이니 오르세 미술관이니 하면서 여행 내내 주구장창 미술관만 다니기도 한다. 그러니까 누구나 취향에 대한 판타지가 있는 것이고 나는 그것을 비난할 생각이 없다.
　그러니 나의 판타지가 거북하더라도 톨레랑스를 보여주길.
　조금만 더 이 글을 읽어주길 바란다.

　날씨는 무더웠지만 벤치 뒤의 커다란 플라타너스가 기분 좋은 그늘을 만들어주었다. 관목에서는 싱그러운 풀 냄새가 났고, 햇살은 이기적이다 싶을 정도로 아름아름 부서지고 있었다. 주변으로는 한 아름 꽃을 안은 노인이 지나가기도 했고, 귀여운 아기가 탄 유모차를 건성으로 밀어대는 아빠가 보이기도 했다. 그리고 묘비가 많이 보였다. 가끔 멀리서 말소리가 들리기는 했지만, 애초에 알아듣지 못하는 언어였으므로 오히려 책 읽기에 좋은 적당한 소음이었다. 나는 그 책에서 가장 좋아하는 부분에서 시작해 제목부터 '프랑스적인' 그것을 읽기 시작했다. 주인공이 사진기를 사려고 고민하는 장면이었다. 처음에는 책 읽기에 완전한 이곳의 모든 조건들이 떨릴 만큼 부담스러워 잘 읽히지 않았지만, 파리라서 와 닿는 표현들이 있었고 나는 곧 책에 집중할 수 있었다. 그리하여 나의 오래된 판타지가 이루어졌다. 프랑스의 어느 묘지에서 그동안 바라왔던 이상적인 여행자가 된 것이다.

시간이 흐르고 내용이 가장 좋은 부분에서 가장 애매한 부분으로 넘어갔을 때 책을 덮었다. 수돗가에서 떠온 물을 한 모금 마시고 다시 한 번 주변을 바라보았다. 여전히 햇살은 따듯하게 부서지고, 초록빛 나무들은 기분이 좋아 보였다. 그리고 그 이기적인 풍경 아래로 죽은 사람들의 묘비가 보였다. 말없이 고고하게 묻혀 있는 저들을 바라보고 있자면, 오히려 죽음이 멀리 느껴지고 내 앞의 당장의 삶에 대해 생각하게 되었다. 담배를 태우면서 니코틴 덕분에 좁아질 나의 혈관을 떠올리고, 벌컥벌컥 마신 생수가 목구멍을 타고 내려가는 경쾌한 리듬을 느끼면서, 죽은 그들과 대비되는 나의 삶을 생경하게 바라볼 수 있는 것이다. 그러다 보면 별 이유 없이 나의 청춘이 참 근사하다는 생각을 하곤했다. 지금 생각해보면 그런 느낌이 좋아서 소중한 여행의 많은 시간을 묘지 산책에 할애했던 것 같다.

YOUTH!

상수동 어딘가, 2013 ©미림

　나는 그렇게 묘지에서만 누릴 수 있는 삶의 생생함을 느끼며, 오랜 시간 앉아 이것저것 생각을 정리하고 있었다. 『프랑스적인 삶』에서 다룬 사랑과 죽음에 대해서 잠시 되짚어보았고, 여행 마지막 밤에는 반드시 프랑스 클럽에 가봐야겠노라 알량하게 결심했으며, 이 여행의 경험을 살려 서울에 돌아가면 묘지 공원 설계 전문가가 되어볼까 하는 허무맹랑한 인생 계획을 짜기도 했다.

　그러다가 문득, 내가 참 젊다는 것이 느껴졌다. 이역만리 타국에서 잘 알지도 못하는 사람들의 무덤을 찾아다닌다고 해서 어느 누구의 비난도 받지 않는 것처럼. 무엇을 해도 이상하지 않았고, 용서 받을 수 있는 젊음의 권리를 나는 톡톡히 누리고 있었던 것이다. 확실히 그 당시의 나는 신체적으로 가장 완전한 시기였고 정신적으로는 온전히 뜨거웠으며 어디든지 갈 수 있었다. 나는 본능적으로, 이렇듯 완전하게 젊은 시기는 다시 오지 않으리라는 것을 알 수 있었고, 생각이 거기까지 미치자 가슴에서 더운 입김이 올라오는 것을 느낄 수 있었다. 그리하여 나는 죽은 자들의 공간에서 팔팔 뛰며 살아 숨 쉬는 젊음을 실감했고, 비로소 '뭐든 할 수 있을 것 같은' 혹은 '아무것도 두렵지 않은' 근사한 마음에 대해 이해할 수 있었다.

서울로 돌아와선, 아무도 읽지 않을 탐방 보고서에 그날의 감정을 쓴다는 것이 어쩐지 부끄러워 적당히 때워 글을 제출했지만, 졸업작품으로 묘지 공원을 설계하지는 않았다. 물론 묘지 공원 전문가로 살 마음 역시 더 이상 생기지 않았다. 그런 식으로 점점 여독이 풀리고 일상으로 돌아오면서 유럽 여행은 거짓말처럼 잊혔다. 심지어 여행하며 찍은 사진들을 담아놓은 외장하드가 고장 나면서, 유럽과 묘지에 대한 감상은 싸이월드에 올린 몇 장의 이미지만으로 남게 되었다.

하지만 그날 느꼈던 근사한 마음만큼은 마음속에 꾸준히 남아주어, 나의 입장에선 도전의 연속이었고 부모님 입장에선 만행의 연속이었던 20대에 위안이 되어주었다. 특히, 내일이 견딜 수 없이 불안해질 때면 특별했던 그 여름의 묘지와 근사했던 나의 마음을 떠올리곤 하는 것이다.

나의 젊음이 지나가고 있다. 더 근사한 마음으로 살아내야겠다.

여유로운 삶

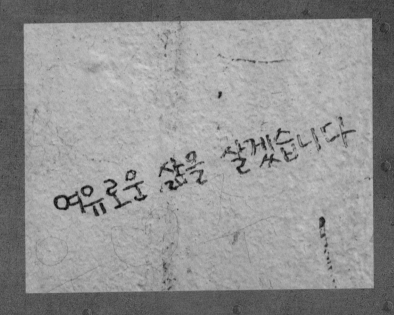

'여유로운 삶' 연관 검색어:
펜션, 행복, 즐거움, 자유, 휴양, 웰빙, 자연, 휴식, 편안함, 취미 활동, 인생, 자아 실현, 취미 생활, 정취, 웃음, 여행, 재미

대학로 근처 어딘가, 2013 ©P

가나의 낙서들

그리고, 나의 낙서

어떠한 확신도 가질 수 없었던 2012년, 나는 마지막 학기를 마무리하러 3년 만에 대학으로 돌아갔다. 여러 가지 사정이 있어 오랜 기간 휴학했지만, 아무래도 대학 졸업장은 필요할 것 같았기 때문이다. 그렇게 캠퍼스에 복귀한 것이 스물일곱이었으니 학교도 많이 변하고, 아는 얼굴들도 모두 졸업하여 나는 마치 이방인이 된 기분이었다(어쩌다가 귀여운 신입생 여자애에게 말이라도 걸라치면, 어디선가 불현듯 나타난 '복학생 오빠' 놈들이 "05학번이 12학번 여학우에게 말은 거는 건 불법입니다"라며 나를 배척하기도 했다). 그렇게 외로이 대학의 말년을 보내던 어느 날, 나는 학생식당에서 값싸고 양 많으며 심지어 맛있기까지 한 특별 참치비빔밥을 먹고 있었다. 줄여서 '특참'이라 불리는 그것은 우리 대학의 소울푸드로, 혼자 먹기에도 적당한 메뉴였다. 그러한 이유로 나와 마주한 자리에서 어떤 복학생도 열중해서 특참을 흡입하고 있었는데, 어쩐지 낯이 익어 자세히 보니 내 친구 의성이었다. 그는 1학년 때 잠시 친하게 지내던 호감형 인간으로, 제3세계에 관심이 많았고 이것저것 말이 좀 통하던 대학 동기였다. 우리는 진심으로 반갑게 인사했다. **그도 나와 마찬가지로 적적하게 대학 생활을 마무리하고 있었던 것이다.**

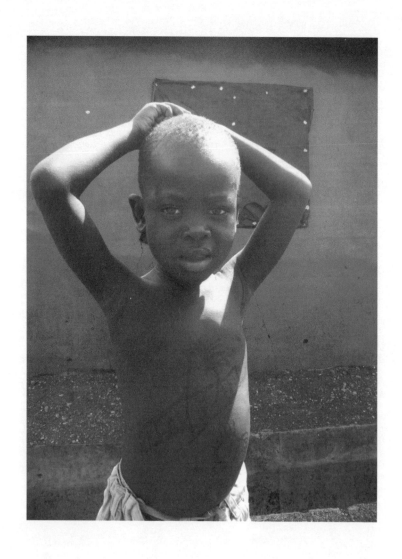

꼬마 배에 그려진 낙서

5일 장이 열린 Accra, Ghana, 2011 ⓒ윤의성

서로의 안부를 묻다가(정확히는 "너 졸업 안 하고 뭐 했느냐"라고 묻다
가), 이 친구가 최근 1년 정도 아프리카 가나로 여행을 다녀왔다는 걸
알게 됐다. 워낙 그런 쪽에 관심이 많았고 똑똑한 친구였기에, 어느 정
도 예상 가능한 근황이었다. 하지만 나를 무척 놀라게 했던 그의 이야
기는 비행기 삯까지 포함하여 총 300만 원 정도가 들었다는 신비로운
여행담이 아니라, 그 역시 '낙서를 수집하는 데 관심이 있다'라는 것이
었다. 우리는 몇 년 만에 만난 대학 동기가 보기 드문 취미를 공유하고
있었다는 사실에 흥분하며 서로가 찍은 낙서를 보여주기 시작했다. 그
렇게 의성이가 찍어 온 가나의 낙서들을 보면서 나는 이상하게도 일종
의 위로를 받게 되었는데 '나처럼 취직하지 않고 요상한 일을 벌이는
친구가 있어 다행'이라는 비겁한 안도감과 함께, 인생의 방향에 대해
공감할 수 있는 동지를 만난 기분이 들었던 것이다.

　의성이는 그날, 가나에 대해 많은 이야기를 들려줬다. 그중에서도
가장 인상적이었던 이야기는 요약하자면 "일단 사람 사는 곳이 다 똑같
지 않겠느냐"라는 것인데, 가나라는 나라는 보통 생각하는 것처럼 극단
적으로 위험하지도 가난하지도 않은 곳이라고 했다. 치안이 아무리 강
하더라도 범죄는 일어나고, 부의 양극화 역시 어느 나라나 있게 마련이
라는 것이다. 그러한 맥락에서 그곳에도 스마트하지만 대책은 없는 대학
생들이 있고, 스타벅스가 있으며, 교회와 함께하는 주일이 있다는 것이
다. 그러니까 그곳 또한 서울에서처럼 의성이에게 호감을 가지고, 그가

만들어준 매운 떡볶이를 맛있게 먹어주는, 사람 사는 동네라고 했다.

그러므로 그 가나의 사람들도 '낙서를 한다'라고도 했다. 청춘과 연애, 종교와 신, 그리고 부패한 이들과 희망을 보여주는 이들에 대한 여러 가지 이야기들이 길거리 혹은 화장실 등에 남아 있다는 것이다. 그리고 유난히 해맑던 어떤 꼬마는 자신의 몸에 끼적인 낙서가 재미있었는지, 카메라를 들고 있던 의성이에게 다가와 '픽처 픽처~'라며 모델이 되길 자처했고, 그는 친절하고 정성스럽게 그 낙서 풍경을 담아 오기도 했다고 한다.

나는 의성이의 가나 여행과 그곳의 낙서에 관한 특별한 이야기를 들으며, 새삼 낙서라는 것이 세계적으로 오랜 관습이며, 인간의 공통된 습성이 아닐까 하는 생각을 했다. 가나의 어린이들과 서울의 어른들이 그러하듯, 우리는 아주 오래전부터 낙서를 해왔던 것이다. 그러니까 인종과 세대와 장소를 불문하고 사람들은 심심하거나 따분할 때, 적당한 벽과 그릴 도구만 있으면 끊임없이 낙서를 했던 것이다. 이 유구한 역사는 예술적 영감이 풍부했던 어떤 원시인이 라스코 동굴 벽에 그림을 그린 것으로 시작하여, 뒤샹과 바스키아를 거쳐, 스마트폰을 쥐고 있는 우리들에게까지 이어진 것이다.

그리고
어디에나, 언제든지, 아무렇게나 남겨진 낙서들은
시대를 반영하는 역할을 하고 있었다.

MY GOD IS ABLE

나의 신은 전능하다

Karaga, Ghana, 2011 ⓒ윤의성

WATCH OUT FOR
HUNGRY ANGRY
CRAZY MAD LION

배고프고 성나고 정신 나간 미친 사자를 조심할 것

Ghana, 2011 ⓒ윤의성

가나 꼬마들의 낙서

Ghana, 2011 ⓒ윤의성

　　여기까지 생각이 미치자, 낙서를 수집하는 일이 실로 의미 있는 작업이라고 느껴졌다. 즉 '낙서는 시대를 반영한다, 계속해서 낙서를 수집해 이 시대의 뉘앙스를 담아보자'라는 거창한 명분을 얻은 것이다. 일종의 별난 취미 생활이었던 나의 낙서 수집에 이렇게 갑작스레 의미 있는 역할이 부여되었고, 그것으로 나는 조금 더 힘을 내서 서울의 거리를 돌아다니기로 했다. 아마도 그날, 호감형 인간 윤의성과의 만남에서 별로 느낀 바가 없었더라면, 화창한 봄날이나 가슴까지 시린 겨울날에 낙서를 찾으러 사방팔방 돌아다니지는 않았을 것이고 결국 이 책도 나오지 않았을 것이다. 정신과 건강이 모두 위약한 나는 이 책의 프롤로그에 적었던 것처럼 '낙서 수집이란 결국 잉여 짓'이라고 자위하며 금방 그만뒀을 종류의 사람이기 때문이다.

흑석동 114-24 담벼락, 2013

의성이와는 꼬박 1년 뒤, 이태원 거리에서 우연히 다시 만나게 됐다. 서로의 안부를 묻다가(정확히는 "너 졸업하고 뭐 하느냐"라고 묻다가), 이 호감형 인간이 제3세계 지원 단체에서 일하고 있다는 사실을 알게 됐다. 나와는 달리 여러 가지 조건이 좋은 그가, 벌이가 좋은 대기업에 비교하면 거의 무료봉사 수준이지만 자신과 뜻이 맞는 NGO 단체를 선택한 것은 그리 놀라운 일이 아니었다. 워낙 똑똑한 친구였고, 소신이 있는 사람이었다. 우리는 반가운 마음에 근처의 야키 우동 집에서 술을 마셨다. 그리고 내가 낙서에 관한 책을 쓰고 있다고, 너는 모르겠지만 그날의 만남이 중요한 계기가 되었다고 말하자 그는 무척 잘됐다며 마치 자기 일처럼 기뻐해줬다. **역시 호감형 인간이었다.**

우리는 늦게까지 이런저런 이야기를 나눴다. 의성이는 더 이상 낙서를 모으지 않았고, 나는 그가 속한 세계에 대해 별로 관심이 없었지만, 우리는 소재에 구애 받지 않고 계속해서 대화를 했다. 그렇게 끝없는 대화를 이어 나가며, 나는 1년 전에 느꼈던 위로를 다시금 받게 되었다. 나처럼 돈이 되지 않아도 좋아하는 일을 하며 살아가는 친구가 있어 다행이라는 비겁한 안도감과 함께 '젊으니까 할 수 있는 일들을 지금 해보자'라는 청춘을 공감할 수 있어서 기뻤다.

그는 술자리가 거의 막바지에 이르렀을 때, 내 작업을 시작으로 많은 사람들이 취미 생활처럼 낙서를 모으면 좋겠다고 했다. 네 말처럼 낙서가 시대를 담아내고 있다면, 더 많은 사람들이 낙서를 모아 서울의 낙서, 부산의 낙서, 더 나아가서는 도쿄의 낙서, 가나의 낙서 등을 만들어내야 그 의미가 더해지지 않겠느냐는 말이었다. 나는 '역시 세계적으로 일을 하다 보니 스케일이 크구나'라고 생각했지만, 정말로 그 말처럼 된다면 참 근사하겠다 싶기도 했다.

　의성이와 헤어지고 나는 이태원을 좀 더 걸었다. 어둑한 길에도 이태원의 거리에는 많은 낙서들이 보였다. 지역 특성상 영어로 된 낙서들이 많았고, 영어와 한국말이 아닌 언어도 종종 눈에 띄었다. 다른 동네에서는 볼 수 없는 낙서들이었다. 그것들을 차곡차곡 카메라에 담아 나는 집으로 돌아왔다. 오랜만에 낙서를 수집하면서 충만함을 느낄 수 있었다. **모두 호감형 인간 덕분이었다.**

LIFE is SHORT
LOVE
EACH OTHER

유럽 여행을 하고 있는 후배에게서
낙서 사진이 들어 있는 메일을 한 통 받았다.
형 생각나서 찍어보았다며.
후배의 친절한 마음 씀씀이에 가슴이 따듯해졌다.
그래, 인생은 짧으니 서로 사랑하며 살아야겠다.

Paris, France, 2014 ©이병주

청춘의
성장

김 과장과 하늘색 풍선
Love Yourself
아버지와 우동 한 그릇

김 과장과 하늘색 풍선

소녀 팬의 순정

어디든지 낙서가 많은 곳이라면, 아이돌에 관한 낙서를 흔히 발견할 수 있다. 특히 소년 소녀들이 자주 가는 분식집이나 도서관 매점 등에서 쉽게 눈에 띈다. 나는 군대 시절, 소녀시대 유리에게 잠시 마음을 내준 적이 있지만, 그것은 대자연의 현상일 뿐 지속적이지 않아 제대 이후로는 걸 그룹을 포함한 아이돌들에게 큰 관심을 가지지 않았다. 그건 내 소년 시절에도 마찬가지였으므로, 나는 '아이돌 낙서'를 하는 소년 소녀들의 마음을 잘 이해할 수가 없었고, **'아이돌 낙서'는 당연히 내 수집 목록에 포함되지 않았다.**

블락비 흥해라

인사동 쌈지길, 2011

그러던 어느 날, 나는 초고속 승진으로 조경 설계회사의 과장이 된 대학 동기 김주희 씨와 술자리를 갖게 됐다. 강릉서 올라왔던 주희는 평소에는 수더분하게 서울말을 쓰다가도, 가끔 헤어진 남자친구라든가, 불합리한 학점 제도라든가 하는 민감한 문제가 나오면 거침없이 강원도 사투리를 쏟아내던 귀여운 친구였다. 나는 나중에 주희가 '강릉 사투리 경연 대회 우승자'라는 사실을 알게 되었는데, 첫째로 '사투리 대회'라는 게 있다는 사실에 놀랐고, 둘째로 내가 듣던 그녀의 사투리가 사실은 (사투리로서는) 굉장히 정확한 언어였음에 놀랐다.

아무튼 술자리가 길게 이어지면서 주희와 나는 좀 얼큰하게 취했는데, 어쩌다 보니 술자리의 주제는 아이돌에 관한 이야기로 빠지고 있었다. 여자친구와 헤어지면서 유리에게 빠져들었던 나의 군 경험담을 가만히 듣던 주희는, 참이슬 후레시를 한 병 더 시키고 나서야 천천히 자신의 이야기를 들려주기 시작했다. 사뭇 진지하게 시작된 그 이야기는 몹시 흥미로웠다. 결국 우리는 소주 세 병을 더 시켜야 했고, 끝내는 주희의 사투리까지 들을 수 있었던 그날의 이야기를 통해, 나는 오빠들에 대한 소녀 팬들의 지고지순한 순정을 아주 조금은 이해하게 되었고, 주변의 '아이돌 낙서'에 대해서도 좀 더 애정을 갖고 보게 되었다.

① 강릉 소녀의 눈물

무탈하게 청소년기를 보내던 주희의 유일한 불만은 '강릉에 살고 있기 때문에 멀리 서울에서 열리는 오빠들의 공개방송에 가지 못한다' 라는 점이었다. 주희는 2000년대를 강타한 남성 5인조 그룹 지오디의 팬이었고, 그중에서도 보컬 김태우의 열렬한 지지자였다. 주희는 유머 가 있고 노래를 잘하며 키도 제일 큰 그 보컬을 마음속 깊이 사랑하고 있었던 것이다. 사실 김태우는 꽃미남 계열의 아이돌이 아닌지라 다른 멤버들에 비해 팬 수가 적었는데, 주희는 그런 점까지 몹시 마음에 들 었다고 한다. 그래서 팬클럽 '팬 god'에 가입하고, 그들의 상징인 하늘 색 풍선과 우비도 받았으며, 콘서트가 열리면 그곳이 어디든 단숨에 달 려가곤 했다. 그럴 때마다 주희의 어머님은 길게 한숨을 쉬셨다고 한다.

그렇게 팬으로서 하루하루가 충만하던 어느 날, 지오디의 팬 미팅 날짜가 잡혔다. 주희가 생각하기에 그곳에 간다는 것은 팬으로서 누려 야 할 당연한 권리이자 의무였지만, 일주일 전에 서울에서 열린 콘서트 에 보내준 어머니의 입장에서는 절대 허락 불가의 것이었다. "콘서트 갔으면 됐지, 팬 미팅은 무슨 팬 미팅이냐, 한 달에 두 번 이상 서울에 보내줄 순 없다"라는 것이 어머님의 강경한 입장이었다.

주희는 울고 또 울었다. 팬 미팅은 특별한 것이었다. 팬 미팅이란, 콘서트처럼 아무나 돈만 내면 볼 수 있는 것이 아니라, 오직 지오디 팬 만이 누릴 수 있는 신성한 현장이었던 것이다. 또 오빠들을 평소보다

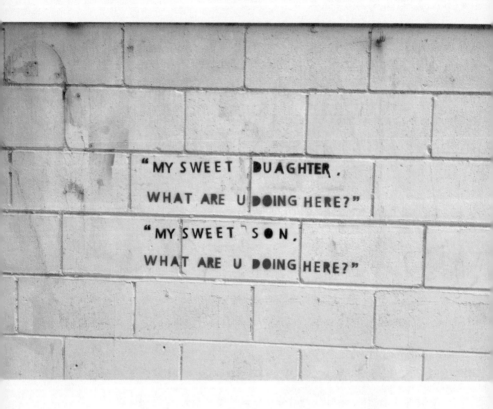

"MY sweet DUAGHTER.
WHAT ARE U DOING HERE?"
"우리 딸, 여기서 뭐 하니?"

동대문구 청량리동 부근, 2013

가까이서 볼 수도 있었다. 자신과 함께 콘서트에 다녀왔던 김효진이는 그 팬 미팅에 간다는데 나는 왜 못 가는가! 우리 엄마는 나한테 무슨 억하심정이 있어서 이러는 것일까! 이런저런 생각에 주희는 또 울었다. 나라를 잃은 사람처럼 울었다. 옆에서 그녀를 지켜보던 두 살 어린 동생은 '언니가 드디어 미쳤나 보다'라는 표정으로 쳐다봤다고 한다.

결국 주희는 어머님을 이기지 못하고, 그 팬 미팅을 TV로 보게 됐다. 「연예가 중계」에서 짧게나마 지오디의 팬 미팅 실황을 중계해줬던 것이다. 사실 그 방송이 있던 날은 주희 집에서 어머님의 계모임이 있던 날이기도 한데, 주희는 전혀 아랑곳하지 않고 주섬주섬 하늘색 우비와 풍선을 챙겨 들고 거실 TV 앞에 자리 잡았다고 했다. 그러곤 TV에서 흘러나오는 오빠들의 노래에 맞춰 응원 구호를 외쳤다. "우리 호프 박준형! 천의 얼굴 윤계상! 절대 조각 안데니! 천상 미소 손호영! 신의 소리 김태우! 유아독존 god! god 짱!" 주희는 자신이 소리 내어 말한 '김태우'라는 이름에 감정이 복받쳐 또 울었다. 흐느껴 울었다. 자신이 세상에서 가장 비참한 소녀가 된 것 같았다.

어머님의 친구들은 '네 딸 좀 이상하다'라는 표정으로 주희와 어머님을 번갈아가며 쳐다봤고, 그날 어머님은 계모임이 끝날 때까지 말씀이 없으셨단다. 나중에야 고백하셨지만, 그날처럼 딸이 창피한 적은 없었다고 한다.

② 엘리베이터에서 만난 김태우

  지오디 열병을 앓긴 했지만 공부는 곧잘 하던 그 강릉 소녀는 마침
내 김태우가 다니는 대학에 입학했다. 여러 가지 우연이 겹친 결과였지
만 입학 원서를 쓸 때 '오빠가 다니는 대학'은 주요한 참고 사항이었다
고 고백했다. 하지만 그 연예인은 학교에선 잘 볼 수 없었고, 샤기 컷을
한 나 같은 신입생들만이 가득한 캠퍼스에서 주희는 좀 실망할 수밖에
없었다. 그래도 밝고 명랑한 주희는 '강릉에서 온 신입생'의 본분을 다
하며 대학 생활을 즐기고 있었다. 그러던 어느 날, 친구 C와 함께 늦은
오후의 교양 수업을 들으러 엘리베이터에 탄 주희는, 잠시 심장이 멎는
경험을 하게 됐다. 그 엘리베이터에 모자를 푹 눌러쓴 김태우가 타고
있었던 것이다. 그렇다. 그는 바로 주희의 오래된 오빠, 신의 소리, 김태
우였다. 주희는 재빨리 정신을 차리고,

한국예술종합학교 예술정보관 담벼락, 2013

"오, 오빠 이거 드세요……."

라며 손에 들고 있던 500원짜리 캔커피를 건네주었다. 사실 그 캔
커피는 함께 있던 친구 C와 300원과 200원씩 각출하여 산 귀중한 것
으로, 주희는 심지어 200원의 지분만 갖고 있었다. 어쨌든 오빠는 캔커
피를 받곤 살짝 미소를 보이며 엘리베이터에서 내렸고, 그 커피가 무척
먹고 싶던 친구 C는 너무 황망해서 주희를 멍하니 쳐다보고 있었다. 하
지만 주희의 가슴은 쿵쾅쿵쾅 뛰고 있을 따름이었다. '오빠가 내 캔커
피를 받았다. 오빠가 날 보며 웃어줬다. 그래, 대학에 오길 잘했다.'

　여기까지 이야기하면서, 주희는 자기는 오빠와 캠퍼스 커플이 되고 싶었던 게 아니라고 했다. 그를 너무 좋아했기 때문에, 그런 불손한 생각은 상상도 못했다는 것이다. 단지 자신이 바라는 것이 있다면, 언젠가 오빠가 인터뷰에서 '가장 기억에 남는 팬'으로 주희를 말해주는 것 정도였다고 한다. 만약 우리 오빠가 정말로 그렇게 말해준다면, 자신은 그 충만한 행복감으로 평생을 살 수도 있을 것 같았다면서, 그것은 아마 대부분의 소녀 팬들이 가진 판타지일 거라고 친절하게 설명해줬다. 그렇기 때문에 '엘리베이터에서 캔커피를 준 아이'로는 임팩트가 약하다고 생각했단다. 이야기는 이어졌다.

　그 이후로 같은 시각, 같은 장소에 가더라도 주희는 김태우를 볼 수 없었다. 그는 드문드문 학교에 오는 톱 연예인이었다. 하지만 절실하면 언젠가 기회는 오는 법. 처음 만났던 날처럼, 어느 날 오후 그 엘리베이터에서 주희는 예기치 않게 다시 오빠를 만날 수 있었다. 마치 운명처럼.

　주희는 이번에야말로 강렬한 인상을 줘야 한다고 생각했다. 그래서 손에 들고 있던 핸드폰을 오빠에게 쥐여주려고 했다. '핸드폰을 주면 황당하겠지만, 기억에는 강렬하게 남겠지. 운이 좋으면 그의 매니저에게 핸드폰을 돌려받을 수도 있고, 그 매니저 번호도 알게 되겠지, 그럼 뭔가 다른 일도 생기지 않을까'라는 꿈을 야무지게 꾼 것이다.

　하지만! 하지만 그녀가 그때 들고 있던 핸드폰은 꼬질꼬질한 임대폰이었다. 사실 그 당시 주희는 빨간색 최신형 스카이폰을 들고 다녔는데,

며칠 전 어딘가에서 그것을 잃어버렸고 안타깝게도 그 엘리베이터에서는 임대폰을 들고 있었던 것이다. 주희는 차마 그 임대폰을 오빠에게 쥐여줄 수가 없었다. 스무 살 때까지만 해도 소녀 감성이 남아 있던 그녀는 그 꼬질꼬질 못생긴 물건을 자신의 우상에게 줄 수 없었던 것이다.

그때, 옆에 있는 친구 C의 핸드폰이 보였다. 애니콜 가로본능이었다. 저 정도면 괜찮겠다 싶었지만, 친구 C는 저번의 사건을 기억하고 '쟤가 또 뭔 짓을 하려나'라는 표정으로 주시하고 있었다. 캔커피도 못 마시게 했는데 핸드폰마저 뺐을 수는 없었다. 주희가 그렇게 급박하게 머리를 굴리고 있는 사이, 오빠는 엘리베이터에서 내려버렸다. 결국 말 한마디 걸어보지 못하고 끝난 것이다. 바보처럼 핸드폰을 잃어버린 자신이 너무너무 미워서 주희는 또 훌쩍훌쩍 울었다.

신논현역 어느 주점, 2013

그 뒤로 주희는 오빠를 볼 수 없었다. 언제 마주칠지 모르니 항상 꽃단장을 하고 다녔고, 핸드폰도 다시 최신형으로 바꿨지만, 다시는 학교에서 그를 볼 수 없었던 것이다. 비록 주희는 그 사건 이후로 끙끙 앓았지만, 시간이 지나자 곧 바쁘게 학교생활을 했고 졸업 후에는 바로 취업을 해서 열심히 사회생활을 했다. 그러는 동안 김태우는 군대도 다녀오고 결혼도 했으며, 당연한 이야기이지만 가장 기억에 남는 팬으로 주희를 꼽지도 않았다. 그러다 보니, 어느 순간 주희는 오빠에 대한 자신의 애정이 예전과 같지 않음을 느낄 수 있었다고 한다. 그것은 자연스러운 현상이었다. 주희는 어느덧 소녀에서 여자로 성장한 것이다.

주희는 그날의 술자리를 마무리하며, 김태우는 소녀의 인생에서 가장 큰 인물이자 사건이었고, 모든 인터넷 아이디가 그와 관련된 것이었을 정도로 생활의 중심이었으며, 그를 떠올리면 학창 시절의 공기가 희미하게 기억난다고 했다. 지금은 예전처럼 뜨거운 감정은 없지만, 추억을 공유한 동네 오빠나 헤어진 남자친구 같은 느낌도 들어서 그의 앞길을 응원해주고 싶은 마음이라고, 매우 정확한 강원도 사투리로 말해줬다.

그래서 주희는 약간 취한 상태로 노래방에 가면, 여전히 지오디의 노래를 부른다. 언제 저런 걸 다 외웠을까 싶을 정도의 정확한 동작으로 안무를 하고, 노래 중간중간 오빠들 응원 구호도 넣는 것이다. 그리고 그걸 바라보는 나는 김주희 과장의 소녀 시절을 훔쳐보는 기분이었

god 팬북과 공식 팬클럽 Fan god의
2기 회원임을 증명하는 김 과장의 회원 카드

김 과장 집, 2013 ©김주희

다가, 끝내는 유쾌하게 웃게 된다.

주희와의 술자리 이후로, 나는 거리에서 '아이돌 낙서'를 발견하면 카메라에 담아놓으려 노력한다. 주희가 누린 벅찬 순정을 이 소녀들도 누리고 있구나, 이 소녀들의 집에도 김 과장의 하늘색 풍선 같은 소중한 것들이 잔뜩 쌓여 있겠구나, 이 아이돌 낙서들도 연인들의 '사랑 낙서'들처럼 절절하고 순수한 것이구나, 생각하기 때문이다.

지금 TV에선 블락비가 열심히 춤을 추고 노래를 부르고 있다. 그리고 서울에 살기 때문에 공개방송에 갈 수 있는 운이 좋은 소녀들은 열심히 응원 구호를 외치고 있다. 저 소녀들이 김 과장처럼 풍성한 추억들을 많이 만들기를, 그리고 나중에는 '나도 예전엔 아이돌을 참 좋아했었다'라고 웃으며 이야기할 수 있기를, 21세기의 멋진 신여성이 되기를 잠시 바라본다.

*김 과장은 요새 소녀처럼 신이 나 있다. 지오디의 다섯 멤버가 모두 모여 작업한 8집 앨범(무려 15주년 기념!)이 출시됐기 때문이다. 하드케이스에 폴라로이드 포토카드 6장과 50쪽짜리 미니북이 담긴 그 앨범을 사전 예약한 김 과장은, 배송 확인 창을 새로고침 하며 두근거리는 마음으로 택배를 기다리고 있다고 한다. 또한 낮 2시에서 4시까지 잠시 파업을 선언하고 15주년 기념 콘서트 티켓을 예매했으며, 콘서트 준비를 위해 소녀 시절 응원하던 방식을 디테일하게 복기하느라 정신이 없다고도 한다. 오빠들의 복귀가 고맙고 감격스러운 김 과장은 지오디 콘서트와 앨범을 기다리며 오늘도 야근 중 (2014년 7월에 덧붙임).

마음으로 먹는 음식

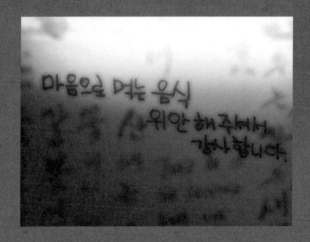

된장국이 있는 식탁에서 "너 나중에 결혼하면 내가 해준 음식 중에 뭐가 제일 생각날 것 같으냐"라고 엄마가 뜬금없이 물어왔다. 아주 많은 메뉴들이 떠올랐지만, 딱히 한 가지를 정할 수가 없어 대답을 하지 못했다.

그러던 어느 일요일 늦은 점심, 엄마가 간단히 버무려준 간장 비빔국수를 먹으면서 '그래, 이것이야말로 가장 생각날 음식'이라고 생각했다. 나 어릴 적에 엄마는 비빔국수를 할 때마다 매운 음식을 잘 못 먹는 나를 위해 고추장이 아닌 간장에 버무린 국수를 한 그릇을 따로 준비해줬고, 그것을 먹으면서 나는 언제나 특별해지는 기분이었다. 그렇게 마음으로 해주는 음식이라 간장 비빔국수가 제일 그리울 것 같았다. 결혼할 여자도 없지만.

이태원 주점 주유소, 2012

LOVE YOURSELF

내가 침수시킨 세계에서

앞서 소개한 내 친구 P는 자기애의 화신처럼 자기 자신을 무척 사랑한다. 세계의 모든 현상을 자신과 관련하여 생각하는 종류의 사람인 것 같다. 나는 그의 그런 성향을 몹시 좋아하지만 가끔은 한 대 패주고 싶을 정도로 피곤하게 굴 때가 있다. 한 번은 소중한 자신의 몸에 바를 바디로션을 사야 한다는 그를 따라서 이니스프리에 간 적이 있는데, 거의 한 시간 정도 고민하는 모습을 목격한 것이다. 나는 하염없이 그를 기다려야만 했다. 여자친구도 그렇게 기다려본 적이 없던 나는 정말로 한 대 때려줄까 진지하게 고민했지만, **때리면 식겁하며 고소할까 봐 실행하지 못했다.**

LOVE YOUR SELF

네 자신을 사랑하라

이태원의 진짜 으슥한 골목, 2012

그렇게 피곤하게 살아가던 친구 P는 스물여섯 살이 되던 초여름에 군대에 갔다. 늦은 군 입대에는 여러 가지 사연이 있었지만 그로서는 무엇보다 '놀아볼 만큼 놀아봐야 후회가 없을 것 같다'라는 신념에서 비롯된 자기애적 선택이었다. 늙은 나이에 군대에 가서 고생할 그가 조금 안쓰러웠던 나는 술술 읽히는 에세이와 코팩(P의 코는 소중하니까)을 보내주었다. 아무튼 귀찮지만 좋은 친구였던 P가 부재한 청춘을 꾸역꾸역 살아가다 보니 2년은 금방 지나갔고, 그는 어느새 안 아픈 곳이 없는 말년 병장이 되었다. 제대를 앞둔 그에게서 전화가 왔다. 그리고 의미심장하게도 이런 말을 했다.

"나는 나를 사랑하지 않는 것 같아."

난 경악을 금치 못했다. 그는 내가 아는 사람 중에 자신을 가장 사랑하는 사람이 아니었던가! 언젠가 내가 신분증과 신용카드 등이 들어 있던 지갑(엄마가 대학 입학 선물로 사준 것이었다)을 잃어버려 황망해하고 있을 때, 자기는 손 세정제 뚜껑을 잃어버렸다며 나보다 더 호들갑을 떨지 않았던가! 왜 굳이 말년 병장이 되어서 이 따위 창피한 말을 하는 걸까! 황당해하는 나에게 그는 이렇게 설명했다. 자기가 얼마나 진상을 떨며 살아왔는지 잘 알고 있다고. 하지만 실제로는 자기 자신을 사랑하지 않아서 오히려 그렇게 행동한 것 같다고. 헛헛해서 그랬던 것 같다고. 여전히 당혹스러워하는 내게 그는 또 이런 말을 했다.

"그래서 내가 연애를 못하나 봐."

확실히 P는 연애를 잘하는 타입의 남자는 아니었다. 몇 번의 연애가 실패로 돌아간 뒤부터 그저 잠깐씩 만나는 사람이 있었을 뿐, 진지하고 느긋한 연애는 하지 못했다. 그것은 그가 군대에 가기 전이나 그 뒤나 마찬가지여서 P는 스스로를 연애 불구자라 부르곤 했는데, 나는 그 청승맞은 자학에 언제나 어느 정도는 수긍하곤 했다. 하지만 '자기를 사랑하지 않아서 연애를 하지 못한다'라는 그의 말은 당시에는 별로와 닿지 않았고, 잘 이해도 되지 않았다.

그리고 P가 전역을 했다. 그 시기가 나의 백수 시절과 겹쳤기 때문에, 우리는 예전처럼 종종 만나 서울을 걸으며 이런저런 이야기를 주고받곤 했다. 예전과 달라진 것이 있다면 우리가 이전보다 조금 더 낡았다는 점과 주변의 낙서를 유심히 찾아보는 점 정도였다. 그러다가 석관동 쪽 어느 볼록거울에서 영어로 된 낙서를 하나 발견했다. 누군가가 알파벳 스티커로 한 자 한 자 붙여 완성한 그 낙서는 'I flooded the world to see the reflection of myself on its surface'라고 써 있었는데, 의역해보자면 '나는 스스로의 자아를 비춰보기 위해 이 세계를 침수시켰다' 정도가 될 터였다. P는 마치 영시 같은 이 낙서에 큰 인상을 받은 듯했다. 내가 시간을 들여 그 낙서를 카메라에 다 담고 나자 P는 천천히 어떤 이야기를 들려주기 시작했다. 그것은 그가 전역 전 통화로 들려주었던 '자신을 사랑하지 못해 연애를 하지 못한다'라는 암호 같은 말에 대한 고백이었다.

P는 깊은 연애를 할 때마다 또는 누군가를 많이 좋아할 때마다, 자기도 모르게 상대와 자신을 동일시했던 것 같다고 했다. 가끔은 너무 지나치게 이입하여, 상대가 속한 사회나 가치관, 그리고 그것들의 묘한 분위기까지 모든 것을 자기 것처럼 가지고 싶어했단다. 그러다 보니 연애가 끝나고 나면 그가 공고히 쌓아 올렸던 세계는 와르르 무너지기 마련이었고, 그럴 때면 여지없이 가슴에 큰 구멍이 뚫린 것처럼 허무하고 허전한 느낌을 받았다고 했다. 이런 일이 몇 번 반복되자 P는 결국 자신은 미친 듯이 주변을 찾아 헤매었을 뿐, 정작 자기 스스로를 사랑하지 않고 있었다는 사실을 깨달았다고 한다. 그러니까 언제나 자기애가 강한 사람처럼 굴었지만, 실제로는 전혀 그렇지 않아 무언가 '나를 대신해 사랑할 만한 존재를 찾지 않았나' 싶더라는 것이다. 즉, P는 누군가에게 기대고 싶고, 위로받고 싶고, 끝내는 안전하게 소속되고 싶었지만, 자기애가 없는 그에게 그런 일은 일어나지 않았다.

I flooded the world to see the reflection of myself on its surface

나는 스스로의 자아를 비춰보기 위해 이 세계를 침수시켰다

성북구 석관동 의릉 앞 볼록거울, 2013

돈암역 부근 골목, 2014

그래서 P는 자기 자신을 솔직히 바라보고, 좀 더 사랑해줘야겠다는 생각이 들었으며, 그래야만 건강한 연애를 할 수 있을 것 같다고 했다. 일단 자신을 먼저 좋아해줘야 다른 사람도 좋아할 만한 마음의 자리가 생길 것 같다며. 그러면서 P는 그런 의미에서 저 낙서가 와 닿는다고, '세계를 침수시켜야 제대로 된 자신을 바라볼 수 있을 것'이라는 맥락이 요즈음의 자기 생각을 잘 반영하고 있지 않느냐고 반문했다. 나는 남자 둘이서 하기에 부끄러운 말들을 참 잘도 한다고 생각했지만, 다른 한편으로는 그런 불행한 느낌으로 세상을 살아왔을 P가 측은하기도 했다.

하지만 그날 이후로도 P는 별로 변하지 않았다. 여전히 백화점에 가면 자신의 소중한 얼굴에 바를 수분 크림을 고르기 위해 긴 시간을 보냈고, 힘겨운 고민을 털어놓는 나에게 "너는 항상 사족이 길다"면서 자신의 소중한 시간을 아끼려 했다. 다만, 그 이후로 예전처럼 연애나 사랑에 대해 우울해하지 않았고 꽤 안정적으로 보였다. 어쩐지 갈 길이 정해진 사람처럼 의연해 보였다.

시간이 조금 더 지나고 나는 P에게 그날 우리가 함께 발견했던 영어 낙서의 해석을 부탁했다. 책에 싣기 위해서는, 내 서툰 영어 솜씨로 의역하는 것보단 그 글귀에 느낀 바가 많았던 P가 해석하는 것이 더 나을 것 같다는 생각에서였다. 며칠을 고민하던 P는 짧은 메일로 이 글 끝에 실린 해석을 보내왔고, 한 글자도 건드리면 안 된다고 자기 작업에 대한 애정을 과시했다. 역시 사람은 쉽게 변하지 않는다.

P가 해석한 글을 읽으면서, 나는 그가 스스로를 전력으로 사랑했으면 좋겠다고 생각했다. 그리하여 마침내 사랑하는 사람이 생기기를, 자신을 위해서가 아니라 사랑하는 사람의 선물을 고른다며 오랜 시간 고민했으면 좋겠다는 생각도 했다. 그리하여 어떤 로드숍 앞에서 나를 또 기다리게 한다면, 그것만큼은 참고 기다릴 수 있을 것 같다는 생각도 했다.

그러면서 나는 그동안 살아오면서 만나온 사랑들을 생각해봤다. '내가 그들을 정말로 사랑했을까. 나 역시 P처럼 나를 좀 봐달라고, 내 특별함과 유일함을 인정해달라고, 그리하여 내가 살아온 세계를 사랑해달라고 했던 것은 아닐까. 부족한 자기애를 상대에게 강요했던 것은 아닐까' 하는 반성을 했다.

그날 밤, 나는 평소보다 더 열심히 조깅을 했고, 따뜻한 물에 더 길게 샤워를 했다. 샤워가 끝난 다음에는 P가 추천해준 수분 크림을 발랐다. 평소에는 스킨만 바르거나 아무것도 바르지 않지만, 그날은 그가 알려준 대로 스킨-로션-수분 크림의 순서대로 손가락을 열심히 돌려가며 발랐다. LOVE MYSELF라며.

내가 침수 시킨 세계

박모세

I flooded the world
to see the reflection of myself
on its surface

—

간절히 보고 싶다는 건 차라리 보이지 않기를 바라는 마음이었다. 눈물이 앞을 가려 더 이상 네가 보이지 않을 때까지 울었다. 침수 된 세계의 표면 위로 외로움에 지쳐버린 내가 홀로 일렁였다. 네가 사라진 고요 속에 온전히 사랑해야 할 내가 있었다. 나는 결국 내 가 그토록 그리웠나 보다.

비는
소리
부터
내린
다

빗소리

방바닥에 누워서 빗소리를 듣고 있자니
별 수 없이 네 생각이 났다.
그래서 주섬주섬
너와 함께 듣던 노래 몇 가지를 찾아 틀어놓고
가만히 너를 들었다.

광진구 아차산로 33길 커피마켓, 2013

아버지와 우동 한 그릇

그와 나의 청춘

①

나의 아버지는 천성적으로 희극인의 기개를 타고났다. 지루한 이야기라도 재미있게 전달하는 방법을 온전히 체화한 사람처럼, 말하기에 능숙하여 언제나 주변인들을 유쾌하게 한다. 특히, 어떤 자리고 술자리에선 반짝반짝 빛이 나는데, 알코올 덕분에 사람이 몇 배는 더 재미있어지기 때문이다. 그런 나의 아버지는 말을 하다가 필요 이상으로 흥분하면 자기도 모르게 침을 흘리는 버릇이 있는데, 재빨리 '후룩' 하며 침을 닦고 다시이야기를 할 때가 가장 재미있는 부분으로, 아버지가 그 상태에 이르면 듣고 있던 사람들은 **방바닥을 거의 기어 다니며 웃고 있는 것이 보통이다.**

하지만 진짜 희극인들이 그러하듯 나의 아버지 역시, 그런 유쾌한 모습 이면에는 천성적인 우울과 어떤 열등감을 가지고 있다. 평생 도달하지 못했던 특정 지위에 대한 회한이나 그로 인해 받았을 깊은 상처 등은 언제나 나의 아버지를 작고 보잘것없게 만들었으며, 그것은 보는 이의 가슴을 아프게 했다. 물론 당신께서 아들에게 그 우울한 자아의 풍경을 직접 내보인 적은 없었지만, 나는 머리가 좀 크고 나서부터는 아버지의 술잔과 재떨이 등에서 종종 그런 모습을 목격하곤 했다.

대부분의 희극인들이 그러했듯, 내 아버지의 청춘 또한 파란만장했다. 나와는 달리 잘생긴 나의 아버지는(아버지의 잘생김 유전자는 동생이 모두 가져갔다) 집안 또한 유복했으므로 무엇이든 하고 싶은 일이 생기면, 다른 사람들보다 유리한 위치에서 얼마든지 할 수 있었다. 유년 시절에는 보이 스카우트 단복을 입었고, 학생 때에는 검도나 야구선수도 했지만 청춘을 방황하는 데 더 소질이 많았으며, 어찌어찌 대학에 가서는 그룹사운드에서 드럼을 쳤다. 아버지의 말에 따르면 꽤 인기가 좋았다던 그 그룹사운드는 해운대 어느 나이트클럽에 초청공연을 가, 출연료는 못 받고 건달들에게 장비만 뺏겨서 돌아왔다는데 그 이야기는 내가 좋아하는 그의 청춘의 일화 중 하나다. 그리고 스물 몇 살쯤 됐을 때 집 대문에 大자로 누워 자가용을 사달라고 할머니를 졸라 '포니 2'를 가지게 된 일화도 꽤 재미있다. 그것으로 아버지는 어여뻤을 나의 어머니를 꼬일 수 있었고 마침내 결혼까지 하게 됐다.

-서기2013년 10월16일-

달은 딸 같다

있다가 없으면

밤하늘 아래는

얼마나 허전할까

-아비-

달은 딸 같다
있다가 없으면
밤하늘 아래는
얼마나 허전할까
- 아비

　　그러다가 아버지가 스물여덟 되던 해에 내가 태어났고, 그때까지
도 엉망진창으로 살던 그는 망치로 뒤통수를 쎄게 맞은 것처럼 정신이
번쩍 들었다고 한다. 그 기적에 가까운 일을 계기로 내 아버지의 청춘
은 마감되었고, 거짓말처럼 그때부터 가세가 조금씩 기울기 시작하여
지금까지 마치 죽은 듯 성실하게 일만 하며 살아왔다. 그러나 아버지는
아직도 가끔, 유쾌하게 술을 먹으면서 엉망이었던 스스로의 청춘을 안
줏거리로서 추억하곤 한다. 옆 학교 애들과 시비가 붙어 고등학교 졸업
식에 못 갈 뻔했던 아찔한 사건이나 그 싸움으로 팔꿈치가 좀 잘못되
어 방위로 군 생활을 할 수 있었다는 전화위복의 이야기 등을 할 때면
아버지의 표정은 항상 근거 없이 밝았고 당당해 보였다. 물론 이야기가
끝날 즈음에는 예의 그 우울함이 찾아오는 듯싶었지만 나는 그 모습이
별로 보고 싶지 않아 내 방으로 들어가곤 했다.

　　②
　　나는 아버지의 자유롭고 거침없던 청춘 이야기 듣기를 좋아했지
만, 아이러니하게도 그 청춘은 언제나 나의 극복 대상이었다. 아버지는
당신의 청춘을 즐거이 이야기하곤 했지만, 한편으로는 그것을 뭣 모르
던 양아치와 망나니의 시절이라고 치부했고, 돌이킬 수만 있다면 백만
번이라도 고쳐 쓰고 싶은 과거라고 생각했다. 그리하여 몹시 당연히도
나의 아들만은 그런 양아치와 망나니의 길을 걷지 말기를, 안정적인 직

장을 가지기를, 당신과는 달리 고생하지 않고 살기를 원했던 것이다.

그래서 내가 조금만 잘못된 방향으로 인생의 키를 돌리면, 나의 아버지는 "착실히 대학을 다니고 안정적인 직장을 다녀서 인생의 쓴맛을 모르는, 온실 속의 화초처럼 살아온 사람들은 너한테 뭘 해라 하지 마라 이야기할 자격이 없다. 하지만 나는 네가 걸어갈 그 길의 잘못된 면면을 체득해서 아주 괴롭도록 잘 알고 있으니 하지 말라고 이야기할 자격이 충분히 있다. 그러니 하지 마라"라고 말씀하시곤 했다. 반박하고 싶은 마음이 불뚝불뚝 들었지만, 사람들을 웃기는 것처럼 설득도 잘하시는 아버지의 논리는, 비집고 들어가기엔 너무 단단했으므로 나는 어쩔 도리 없이 받아들여야만 했다.

하지만 나도 결코 만만한 아들은 아니기 때문에 아버지의 기대처럼 살진 않았다. 그리고 그것은 언제나 부자간에 심각한 갈등을 유발했다. 학창 시절에는 몇 번의 충격적인 사건을 일으켜, 아버지가 '후룩' 침을 닦으며 화를 내게 만들었고, 군대를 전역하고 대학 생활을 나름 착실히 하던 시절에는 잠시 평화가 찾아온 듯싶었지만, 결국 나는 또 창업을 선언, 다시금 아버지가 침을 토하며 열변의 설교를 하게 만들었다. 나는 나대로 "아버지는 하고 싶은 대로 살아왔으면서, 왜 나한테 이런저런 삶을 강요하는가, 왜 이렇게 가혹하게 대하는가"라는 억울함 섞인 대거리로 맞섰다. 아버지의 청춘에 대한 후회가 고스란히 아들에 대한 기대로 바뀌어 나를 괴롭힌다고 생각했고, 끝내는 그것이 내 삶에서 반드시 극복해내야 할 과제라고 여겼다. 그런 이유로 학창 시절까지는 그 런 대로 꽤 친한 부자 사이였던 나와 아버지는 언젠가부터 대화가 끊기 고 서먹서먹해지기까지 했다.

　그리고 내가 당분간은 글을 좀 써보겠다며, 이제부턴 밖에 나가 살 겠다는 일종의 독립을 선언했을 때, 나의 청춘 만행에 진저리를 치던 아 버지는 더 이상 화도 내지 않았다. 그저 "그래 이 새끼야, 어디 한번 너 하고 싶은 대로 살아봐라. 글을 쓰든 책을 내든 난 상관하지 않을 테니, 그저 너랑 똑 닮은 아들 새끼 하나 낳아서 지금 내 심정이 어떤지 느껴 봐라. 그리고 네가 쓴다는 그 낙서 나부랭이를 네 엄마가 보여줘서 읽어 봤는데, 그 따위 글을 도대체 누가 읽을 것 같으냐"라는 담담한 말로 상 처를 줬다. 나는 '울면 안 된다. 여기서 울면 지는 거다'라고 100번도 넘 게 생각했지만 "네 글 따위 아무도 안 읽는다"라는 잔인하고 서슬 퍼런 말이 나의 가슴을 난도질하여 결국에는 눈물을 뚝뚝 흘렸다. 아버지는 아버지 나름대로 나를 자극하기 위해 한 말이었겠지만, 나는 나대로 순 간의 모욕을 참을 수 없었기 때문에 "그럼 아버지 인생 따위 누가 기억 이나 해줄 것 같으냐"라며 맞받아쳤다. 입 밖으로 꺼내고 나도 놀랐지 만, 다들 알다시피 말이란 것은 한 번 뱉으면 다시 주워 담을 수가 없다.

한정여 부근 골목, 2013

③

그날 이후로 나는 계획대로 아버지의 집을 박차고 나왔다. 하지만
나와 함께 월셋방을 구해 함께 지내기로 한 친구가 막판에 계획을 틀어
'나는 못하겠다'라고 했고, 그 믿음직하지 못한 녀석이 내기로 한 보증금
의 일부를 감당하지 못한 나는 졸지에 홈리스 피플이 되어버렸다. 언제
나 그러했듯 내 청춘은 쉽게 풀리는 법이 없었다. 그래서 며칠은 나의 작
은 마티즈에서 잤고, 며칠은 찜질방과 일일 고시원을 전전했으며, 숙박
비와 기름 값이 떨어진 뒤에는 아는 사람들 집에서 신세를 졌다.

월세,
원룸,
하숙

흑석동 중앙대학교 앞 골목, 2013

　문을 걷어차다시피 하여 집을 나왔을 때는, 내가 선택한 청춘의 길이 반짝반짝 빛나는 듯했지만, 집 없는 생활이 길어지다 보니 역시나 여러 가지로 꼴이 비참해졌고, 끝내 나는 절망적인 기분에 휩싸이게 됐다. 그러다 하루는 너무 답답하여 없는 사정에도 불구하고 한강으로 마실 비슷한 것을 나갔다. 살짝 물비린내를 머금은 탁 트인 한강을 바라보니, 어쩐지 배가 고파져 편의점에서 튀김우동과 삼각김밥으로 허기를 채웠다. 긴 시간 꾸역꾸역 그 사발 우동을 먹으면서, 나는 기어코 나의 아버지를 생각하고 있었다. 어릴 적 한강에서 아버지와 함께 따끈따끈한 즉석우동을 먹던 추억이 떠올랐기 때문이다.

　사실 내가 이 나부랭이 같은 글을 쓰는 건, 아버지에게도 일면 책임이 있다. 아버지는 평소 대단히 책을 좋아하는 사람인데, 만화책에서 무협지, 소설책, 그리고 철학 책까지 손에 잡히는 대로 읽는 타입으로 '잘 읽히는 책이 좋은 책이다'라는 자신만의 독서론까지 가지고 있다. 그런 잡독서 덕분에 아버지의 글 솜씨는 나쁘지 않은 편인데, 내가 사고를 치고 들어오면 종종 '그렇게 살지 말라'라는 요지의 장문의 편지를 써주셨기에 잘 알고 있다. 그리하여 거칠 것이 없었던 아버지의 청춘 시절에는, 잡지사에 일하던 누이(나에게는 고모)의 부탁으로 '독자 솜씨란' 같은 코너에 짧은 이야기들을 써줘서 용돈을 벌기도 했단다. '이야기란 간단하다, 기승전결만 지켜서 쓰고 클라이맥스에는 슬프거나 웃긴 것을 넣으면 된다'라는 것이 아버지의 작문론이었다. 마음만 먹으면 작가도 될 수 있었다며 예의 유쾌한 표정으로 자신의 청춘을 회상하는 술상 앞의 아버지는 다시 또, 밝고 당당해 보였다.

그렇게 소설가적 기질도 있던 나의 아버지는 내가 초등학교 2학년쯤 된 어느 일요일 새벽, 한참 잠든 나를 깨워 한강으로 데려간 적이 있었다. 나는 아침 8시에 시작하는 디즈니 만화 동산을 봐야 했지만, 언제나 일요일 새벽이면 어디론가 잠시 다녀오는 아버지의 행적이 궁금하여 눈을 비비며 따라 나섰다. 당시 아버지는 한강의 이동식 간이버스에서 파는 즉석우동을 사줬는데, 그 우동집 주인아주머니가 아버지를 보고 "아이고, 우리 작가 선생님 또 오셨어요"라고 친근하게 말을 건넨 것도 분명하게 기억하고 있다. 어린 나는 그 말의 뜻이 무엇인지 몰랐지만, 크고 나서는 그 당시의 아버지가 매주 일요일 새벽에 그 우동집에 가서 무언가 집필 활동 비슷한 것을 했다는 것을 깨달았다. 담배 냄새가 배어 있던 아버지의 카렌스 뒷좌석에는 항상 원고지 비슷한 것이 꽂혀 있었고, 흘려 썼기 때문에 더 멋있어 보이는 글씨들이 빼곡했던 것도 기억났다.

아버지는 잘 돌아가는 기계처럼 가장의 역할에 충실했지만, 다른 한편으론 무언가 더 공부를 하고 싶어했고, 항상 손에는 책이 들려 있었으며, 무엇보다 글을 쓰고 싶어했다. 그러니 내가 누굴 닮았겠는가? 나는 잘생김을 제외한 모든 부분이 '당신과 똑 닮은 아들 새끼' 아니겠는가. 당신이 그랬던 것처럼 나 역시 마음 내키는 대로 1인분의 청춘을 살아냈고, 그런 식으로 만들어진 이야기를 글로 써보고 싶어한 것은 자연스러운 현상이었다. 그렇게 나는 꾸역꾸역 튀김우동을 먹으며 어릴 적 따뜻했던 아버지와의 기억을 곱씹었다. 한강에 오면 항상 생각나는 추억이지만, 이번에는 어쩐지 울컥하는 마음이 들었고 우동을 다 먹은 뒤에는 집으로 돌아가야겠다고 생각했다.

④
집으로 돌아온 나에게 아버지는 별 말이 없었다. 그저 평소처럼 서먹서먹하게 지내다가 야구 스코어가 어쩌네, 내일 날씨가 어쩌네, 하는 죽은 말들만 몇 마디 주고받을 뿐이었다. 날이 선 말들로 서로에게 준 상처가 미처 회복되지 않았기 때문이리라. 그러던 어느 날, 반주로 막걸리를 마시던 아버지는 갑작스레 "야, 내가 오늘 화장실에서 웃긴 낙서를 봤는데"라며 말을 건넸다. 하나도 재미있지 않고, 의미도 없어 보이는 그 낙서를, 아버지는 재미있게 재구성하여 한참을 들려주었다. 나는 '웃으면 지는 거다, 절대 웃지 말자'라고 100번이나 다짐했지만 아버지의 입담은 여전히 화려하여, '후룩' 하며 다시 말하는 부분에서 나는 결국 웃고 말았다. 아버지는 그 뒤에 별다른 사족을 붙이지 않았다. 그저 그 재미있지도 않고 의미도 없어 보이는 낙서 이야기를 통해 이제 그만 화해하자고 말하고 있었다.

- HOPE -

HOPE

어느 때나
어디 서나
날고 날아
귀한 줄을
몰랐는데
꽃은 핀다
벌·나비야

통의동 부근 골목, 2013 ©디요이

　나는 그날, 24시간 문을 여는 카페에서 글을 쓰며 '아버지의 청춘'
이 나의 극복 대상이 아닐 수도 있겠다는 생각을 했다. 나의 청춘에 대
해 언제나 불같이 화를 내며 내키지 않아 했지만, 사실 뒤에서 조금씩
힘을 실어준 것은 다름 아닌 나의 아버지였기 때문이다. 까까머리 중학
생 시절, 훗날 위대한 만화가가 되겠노라고 선언했을 때, 후룩후룩 화를
내며 "만화 따위로 어떻게 먹고살라고 그러느냐"라고 말했던 것은 아
버지였지만, 며칠 뒤에 '미래의 만화산업'이라는 신문 기사를 오려 내
책상 위에 올려놓은 것도 아버지였다. 또 내가 그룹 들국화에 빠져 몇
날과 며칠을 들국화만 듣고 앉아 있던 시절에, 어디선가 전인권의 사인
을 받아와 선물한 것도 아버지였고, 술을 배우기 시작할 무렵에 속을
게워내느라 토사물이 묻은 나의 신발을 아침마다 닦아놓았던 것도 역
시나 나의 아버지였다. 그리고 이번에는 낙서를 모아 책을 쓰겠다는 내
게, 그는 또 아무런 의미도 없는 화장실 낙서 이야기를 들려준 것이다.
거기까지 생각하자 가슴이 쓰렸다. 나는 정말로 당신과 똑 닮은 아들이
라, 당신의 속을 까맣게 태우고 있었던 것이다.

　하지만 나는 끝까지 만만한 아들이 아니므로, 앞으로도 아버지의
기대에 부응하며 살지는 않을 것이다. 아버지처럼 지나버린 시절을 후
회하지 않기 위해서, 나는 좀 더 맹목적으로 지금을 살아내야 한다고
생각하기 때문이다. 그리고 그것은 그 나름대로 분명한 의미가 있을 것
이다. 그러니까 당분간 아버지에게 나는 계속 미안하고 또 억울해할 것

이며, 아버지도 필요 이상으로 흥분할 날들이 이어질 것이다. 다만, 이번 일요일 새벽에는 나의 아버지와 함께 한강 둔치로 따끈한 우동 한 그릇 먹으러 가고 싶다. 당신이 기억할지는 모르겠지만, 그때 우리가 마주 앉아 먹었던 즉석우동이 내 나부랭이 같은 청춘의 글쓰기에 뿌리가 되었노라 고백하고도 싶다. 그리고 마지막으로 내 글이 그렇게 별로였느냐고, 당신이 알려준 것처럼 클라이맥스에 슬픈 것과 웃긴 것을 넣었는데도 별로였느냐고, 우동 면발을 후룩 삼키며 물어보고 싶다.

흔들리지 않고 피는 꽃이 어디 있으랴
이 세계 그 어떤 아름다운 꽃은 흔들리며 피나니
흔들리며 곧은 줄기를 우나니
흔들리지 않고 피는 사랑이 어디 있으랴

홍대놀이터 남자 화장실, 2012

나와 마티즈와 벌레

WE'RE ALL GONNA DIE LIVE!

법적으로 성인이 되었을 때, 그러니까 2005년 1월 1일. 나는 당시 만나던 여자애와 테크노마트에 영화를 보러 갔다. 그 영화의 제목이 무엇이었는지, 어떤 내용과 분위기였는지 지금은 희미하여 잘 기억나지 않는다. 그러나 그 영화가 청소년관람불가 등급이었다는 것, 영화가 끝나고는 야경을 보러 하늘공원에 갔던 것, 물끄러미 서울의 밤공기를 마주하던 그 여자애 볼에 뽀뽀를 계획했던 것, 하지만 결국 실패하여 손만 잡았던 것, 여자애가 "네 손 참 따듯하다"라고 말해줬던 것 등은 분명하게 기억하고 있다. 영화가 영 신통치 않아 제목이 생각나지 않을 뿐, 나는 그날의 공기와 분위기, 감정까지도 생생하고 선명하게 기억하고 있는 것이다.

아무튼 우리는 그 테크노마트의 하늘공원에서 한참 동안 한강과 잠실대교를, 그리고 그 육중한 다리를 건너가는 자동차들의 헤드라이트를 바라보고 있었다. 어쩐지 좀 비현실적이라고 생각하고 있을 때, 여자애가 가까이 다가와서 사뭇 진지하게 속삭였다. '우리 대학 졸업하고 취직해서 돈 벌면, 괜찮은 자동차를 사서 저기 저 한강 다리를 건너보자, 그럼 진짜 어른이 될 것 같다'라고.

어린어른

덕성여대 도서관, 2011 ⓒ익명의 지인

여자애의 그 말은 묘하게 큰 울림으로 와 닿았다. 그리고 오랜 시간 동안 내 삶에 하나의 기준이 되어주었다. '밤의 한강 다리를 자가용을 타고 건너는 것'은 어른들만이 할 수 있는 것이고, 그것은 곧 '진짜 어른의 세계'에 편입되는 거라고 생각했던 것이다. 우리의 연애는 나의 군 입대로 망해버렸지만, 그날 그녀가 말한 어른의 세계에 대한 기준만은 변하지 아니하고 계속해서 내 안에 남아 있었다. 그것으로 나는 어른 말고 청춘으로서 20대를 살아갈 수 있었다.

그로부터 약 7년 뒤, 그러니까 2012년 5월 24일, 나는 마침내 내 소유의 자동차를 가지게 되었다. 당시 나는 대학을 휴학하고 고군분투하며 창업에 도전하고 있었는데, 잇따른 좌절과 몇 번의 정리 끝에 어느 정도 자리를 잡은 덕분에, 기어코 340만 원을 주고 2008년식 흰색 마티즈를 중고로 구입한 것이다. 물론 내 마티즈의 첫 목적지는 캄캄한 밤의 잠실대교였고, 뻥 뚫린 8차선을 맘껏 달릴 때, 어느 누구의 도움 없이 진짜 어른이 되었다는 성취감에 충만해져 가슴이 터질 것만 같았다. 그날 밤, 나는 집에 가지 않고 나의 작고 소중한 마티즈에서 잠을 잤다. 자리는 좁았지만 27년 만에 나의 온전한 공간을 마련했다는 위안이 느껴져 그야말로 꿀잠을 잘 수 있었다.

준비해야죠……

준비해야겠죠. 준비해야겠죠.

준비해야지.

준비해야겠지

서울대학교 중앙도서관, 2011

하지만 몇 달 뒤, 그러니까 2012년 9월 1일. 나는 그동안의 시간이 거짓말이었던 것처럼 폐업 신고를 하고, 대학으로 돌아갔다. 여러 가지 사정이 있었지만, 결과적으로 청춘의 객기를 받아줄 만큼 사회는 녹록지 않았다고만 말하고 싶다. 정말로 쉽지 않았고 적지 않은 상처를 받았다.

복학 이후, 아직 취업 적령기가 지나지 않았으므로 취업을 준비하는 것이 마땅한 일이었겠으나, 나는 하지 않았다. 나를 둘러싼 모든 상황이 무엇인가 준비해야 할 시기라고 절박하게 말하고 있었지만, 나는 하지 않았다. 애초에 회사원으로 사는 것보단 다채롭고 이기적인 삶을 살고 싶다는 마음으로 창업에 도전했으니, 끔찍한 실패에도 그 얄량한 자존심이 꺾이지 않았던 것이다. 나는 그저 그동안 벌어놓은 돈 몇 푼을 갉아먹으며, 낙서를 찍고 글도 쓰며 나의 실패를 위로하고 있었다.

그러나 마침내 나의 작은 마티즈를 팔아야만 생계가 유지될 지경에 이르렀을 때, 백수 아들에게 아무 말도 하지 않는 아버지의 배려가 몹시 무겁게 다가왔을 때, 나는 평소에 폭언을 아끼지 않았던 어느 대형 언론사 입사 시험에 지원했다. 절벽에 서보니, 안정적이고 탄탄한 직장 세계에서 진짜 어른이 되는 것도 나쁘지 않겠다는 생각이 들었기 때문이다. 기적적으로 서류 전형을 통과하고 어이없게 실기 전형마저 통과했을 때는 그런 생각이 더 강하게 들었고, 3차 최종 면접 날이 정해졌을 때는 말끔한 정장 한 벌을 샀다.

면접 날 아침, 오랜만에 정장으로 잘 차려입은 내 모습을 보니, 뜬금없이 나 참 잘생겼다, 아니 잘생김과 훈훈함 사이에 내가 있다는 생각이 들었다(남자들은 정장을 입으면 으레 그런 어처구니없는 생각을 하기 마련이고, 나도 예외 없이 그런 종류의 남자였던 것이다). 그러한 외형의 변화로 나는 왠지 자신감이 생겼고, 인생에 대한 여러 가지 긍정적인 가능성들이 다시금 보이기 시작했다. 나는 일부러 마티즈를 타고 상암동의 면접장에 가기로 결정했다. 왕복으로 다녀오기에는 기름이 아슬아슬하고 심지어 기름 값도 없었지만, 최종 면접인데 이 정도 사치는 괜찮겠다 싶었기 때문이다.

상큼하게 면접장에 도착한 잘생긴 나는, 잘근잘근 씹혔다. 나의 시사 상식과 전문성은 다른 지원자들의 비해 거의 바닥 수준이었고, 나는 연신 땀을 흘리며 "정확히는 모르겠지만"으로 시작되는 말을 쏟아내고 있었다. 면접 공략책에는 잘 모르는 질문을 받으면 "정확히는 모르겠지만, 유추해보자면"으로 말을 시작하여 쉽게 포기하지 않는 이미지를 심어주라고 써 있었기 때문이다. 결국 심사위원이 친절하게도 "잘 모르겠으면 말하지 마세요"라고 할 때까지 나는 병신처럼 그 말을 반복해야 했고, 불합격을 예감했다. 아니 그것은 예감보다 통보에 가까운 것으로, 그 장소에 누가 있더라도 나의 불합격은 당연하다고 여겼을 것이다. 지나가던 개가 보더라도 그렇게 생각했을 것이다. 다만, 말 못하는 짐승이라 말하지 못할 뿐······.

이태원 1동 녹사평대로 40길, 2013

  지독한 심정으로 면접장을 빠져 나왔다. 꽉 조인 넥타이를 느슨하게 풀고, 화장실에서 흠뻑 젖은 목덜미를 씻었다. 그리고 기계적으로 시동을 켜 집으로 향했다. 엄마는 귀신같이 면접이 끝난 시간에 맞춰 전화해서 결과를 물어보려 했지만 받지 않았다. 아무런 생각도 하고 싶지 않았고 어떠한 변명도 하기 싫었다. 그러나 꽉 막힌 올림픽대로를 지날 때는 잘 모르면 말하지 말라는 심사위원의 말과 함께, 나를 바닥까지 깎아 내리던 그 시린 표정들이 떠올랐고, 잠실대교를 건널 때에는 어른의 세계에 대한 생각을 하지 않을 수 없었다. 단지 한 번 취업에 실패했을 뿐이지만, 그들의 세계에서 추방당한 기분이었고, 어쩌면 영원히 초대받지 못할 것 같았다. 그런 생각을 할 때쯤, 연료 표시등이 깜빡깜빡거렸다. 몇 개의 주유소를 지나쳤지만 나는 그 상태 그대로 집으로 갔다. 정말로 기름 값이 없었다.

연료가 없는 마티즈를 꾸역꾸역 주차해놓고서, 나는 내리지 않고 가만히 앉아 운전석에 코를 박고 있었다. 차 안은 소리 없이 고요했다. 그 상태에서 나는 언젠가 이태원 부근에서 발견했던 낙서를 생각하고 있었다. 직선적인 글자와 곡선의 하트로 이루어졌던 그 낙서.

죽자 ♡

무언가 구체적인 방법이나 시기를 생각했던 것은 아니다. 잠시 그런 심상이 날 찾아왔을 뿐이다. 그러면서 대상 없는 것들을 원망하고 있었다. '나는 군대도 잘 다녀오고 대학에서 장학금도 받았고, 토익 점수도 있는데. 그러니까 나는 니들이 하라는 건 다했지만, 좀 재미있게 살고 싶어 다른 선택을 했던 것뿐인데, 내 앞에 놓인 삶을 '잘' 살아보고자 무던히 노력했을 뿐인데, 왜 자꾸만 끝도 없이 꼬여만 가는 걸까' 하는 원망들. 그런 것들은 꼬리를 물고 계속해서 이어졌고 결국 나도 모르는 사이에 그 낙서를 생각하고 있었던 것이다. '죽자'라는 허무함 뒤에는 대조적인 ♡가 붙어 있어, 죽음이란 그리 대단한 것이 아니라는 이미지를 주는 그 낙서를, 조용한 나의 마티즈 안에서 반복해서 떠올리고 있었던 것이다.

고개를 들어 백미러로 스스로의 얼굴을 바라보았다. 몇 시간 전까지만 해도 잘생김과 훈훈함 사이에서 신선함을 발하던 청년이 없어졌다. 대신 땀에 젖은 헝클어진 머리에 형편없는 얼굴을 한 추남이 있을 뿐이었다. 그 꼴을 보고 한숨을 쉬고 있을 때, 차 안에서 웽~ 하는 소리가 들렸다. 보통 크기보다 큰 파리였다. 계속 문을 닫고 운전했으니 아마도 면접장 근처에서 우연히 들어온 것이리라. 평소 같았으면 콱 죽여버렸겠지만, 백미러 속의 추남을 보고 나서는 그럴 마음이 없어졌다. 그래서 창문을 열어줬다. 이 차에는 더 이상의 연료가 남아 있지 않고, 나에겐 연료를 넣을 만한 돈이 없으며, 있다 하더라도 담뱃값이나 빅맥 햄버거 값 등 당장 필요한 것에 써야 하니 당분간은 운전할 일이 없을 것이다. 그러므로 이대로 내가 마티즈에서 나가버린다면 결국 저 파리는 말라 죽거나 굶어 죽을 것이다.

빨리 나가라. 안 나가면 너 죽는다.

하며 기다리고 있었다. 하지만 그 벌레는 날아다니다 잠시 쉬었다 다시 날아다니기를 반복할 뿐, 도통 나갈 생각이 없었다. 나도 별 계획이 없어 그냥 기다려주었다. 처음에는 파리의 탈출에만 신경을 쏟고 있던 나는, 그 이후에 묘하게 진정이 되어 찬찬하게 생각을 정리하고 있었다. 어른의 세계와 아버지의 침묵, 그리고 삶과 죽음, 또 마티즈의 처분에 대한 구체적 방법에 대해서 생각했다. 그렇게 30분 정도의 밀도 높은 시간이 지나자 보통 크기보다 큰 그 파리는, 나에게 처음 발견되었을 때처럼 윙~ 하고 날아가버렸다. 그제야 나는 차 문을 닫고 느릿느릿 나올 수 있었다.

　그 벌레 사건 이후로 나는 스스로를 달래 몇 가지 사항을 믿기로 했다. 1)마티즈를 타고 잠실대교를 건넌다고 해서 진짜 어른이 되진 않는다는 것 2)그러나 아직 절망에 빠진 백수가 되기엔 나는 너무 젊고 뜨거우며 매력적이라는 것 3)또한 충분한 잠재력과 가능성을 가지고 있다는 것 4)그러한 태도를 견지하다 보면 가끔은 꽤 잘생겨진다는 점 5) 벌레는 웬만하면 죽이지 말고 살려주는 게 정신건강에 좋다는 것 6) 그리고 우리는 모두 죽는다는 것, 굳이 노력하지 않더라도 언젠가는 모두가.

　그래서 나는 나의 청춘에 마지막 유예 기간을 주기로 결정했다. '잘' 사는 진짜 어른이 되기에는 더 많은 시간이 필요했기 때문이다. 그리하여 2013년 9월 4일, 평소 눈여겨보던 몇몇 출판사에 출판 기획안를 전송했다. 창업 시절에 썼던 수많은 사업 기획안는 전부 실패로 돌아갔지만, 출판 기획안를 쓰는 데에는 꽤 도움이 되어, 사람 보는 눈이 독특한 출판사들의 연락을 받을 수 있었다. 비록 책의 계약금은 밀린 카드 연체료를 갚는 것과 나의 작은 마티즈에 연료를 가득 넣는 것으로 모두 소진할 정도였지만, 언젠가 없어질 서울의 낙서들과 숨 가쁜 청춘의 여정을 기록해두고 싶었다. 여기서부터 다시 시작하고자 하는 마음으로.

성북구 석관동 241-193번지, 2013

2013년 10월 30일, 나는 이문동의 어느 벽 귀퉁이에서 'WE'RE ALL GONNA DIE'라고 써 있는 낙서를 발견했다. 카메라에 담아놓고 자세히 다가가서 보니 DIE라는 글자 옆에, 누군가가 모나미 볼펜으로 LIVE!라고 덧붙여 놓았다는 것을 알 수 있었다. 희미하게 적혀 있어 자세히 봐야만 볼 수 있는 LIVE! 진한 명도의 죽음이라는 글자처럼 선명하진 않지만, 분명하게 써 있는 LIVE!라는 절박한 글자. 그래, 우리는 결국 언젠가는 죽지만, 동시에 살아가고도 있는 것이다. 살아가기에 죽음이 의미가 있는 것이다. 그 낙서로 인하여 나는 다시 한 번, 마티즈 안에 들어왔던 벌레와 함께했던 시간을 생각하게 됐다.

그날, 나는 용기를 내어 부모님께 출판 계약서를 보여드렸다. 그것은 청춘을 유예하기 위한 마지막 관문이었다. 내가 취업 준비를 하고 있는 줄로만 알았던 나의 아버지는 또 한 번 깊은 한숨과 함께 몇 가지 폭언을, 엄마는 미래에셋에 들어갔다는 친구분 아들의 취업 성공기를 들려주었지만, 어쩔 수 없었다. 우리는 모두 언젠가는 죽는다. 그래서 희미하지만 후회 없이 살아가야 한다. 부모님과의 대화가 끝나고 미지근한 물로 샤워를 하며 양치질을 했다. 거울 속에는 오랜만에 잘생김과 훈훈함 사이에 있는 청년이 서 있었다. 그는 심지어 섹시해 보이기도 했다.

친 구 P 의 헌 사

친구가 책의 차례를 어떻게 나눠야 할지 도무지 모르겠다고 했을 때, 나는 당연한 거라고 생각했다. 우리가 지내온 청춘엔 두서가 없었기 때문이다. 그것은 내일을 알 수 없는 오늘이었고, 맥락에서 어긋난 지금만을 표류하는 것이었다. 우리는 순서가 없는 청춘의 날들을 방황하며 그 대책 없는 시간들을 있는 그대로 살아버리는 바보들이었다.

일찌감치 정신을 차린 친구들은 꾸준히 스펙을 쌓아 졸업과 동시에 번듯한 회사에 들어갔지만, 우리에게 취업을 하고 사회에 편입되는 것은 왠지 비겁한 일이었다. 과감히 울타리를 벗어나 꿈을 이뤄 나아가는 친구들도 있었다. 하지만 우리가 취준생이란 이름을 등지고 시도했던 서투른

도전들에 세상은 결코 친절하지 않았다. 결국 우리는 이도 저도 아닌 애들이었다. 이름표가 없는 생활은 갈수록 두렵고 외로웠으며, 답이 보이지 않는 미래에 지치는 날들이 많았다. 알 수 없는 실패와 좌절 속에 허기진 청춘을 달래야 했다.

여전히 철이 들지 않았고 미련했던 우리는 당장 직장을 얻거나 안정적인 수입을 얻는 일보다, 이해가 되지 않는 이 세상을 두리번거리는 일에 더 마음이 끌렸다. 그것은 무작정 서울의 여러 동네들을 돌아다니는 일이었는데, 우리는 끊임없이 함께 걸으며 도시의 다양한 모습들에 관한 이런 저런 이야기들을 나누었다. 그러면서 이런 무위의 날들에도 나름의 가치가 있지 않겠느냐고 서로를 다독였다. 같이 시간을 보내면서도 우리는 각자의 시선과 방식으로 풍경들의 의미를 찾아 나갔는데, 친구는 후미지고 숨겨진 곳들에서 발견한 낙서들에 많은 재미를 느꼈다. 익숙한 레이어를 벗겨낸 거리의 이면에는 수줍은 고백이나 따뜻한 위로, 재기 넘치는 반항이나 발랄한 폭로 같은 낙서들이 서울의 감춰진 얼굴처럼 존재했다. 그것들을 보면서 친구는 묘하게 홀가분했고 어떤 안도와 환희를 느꼈다고 했다. 아마 숨어들 곳을 찾다가 우연히 마주친 이들과 멋쩍은 미소를 나누는 기분이었을 것이다. 당신도 나처럼 몰래 풀어내고 싶은 마음이 있었구나, 서로의 비슷한 처지를 확인하는 반가움이었을 것이다.

그러던 어느 날 친구는 조심스럽게, 자신의 새로운 꿈에 대해 고백했다. 거리의 낙서들에 대한 글을 써보고 싶다고. 번번이 실패에 부딪히며 나아갈 방향을 몰라 하던 친구가, 다시 새로운 길 위에 선 것이다. 친구는 미친 듯이 서울의 이곳저곳을 헤매며 다양한 낙서들을 수집하기 시작했다. 술만 마시면 다치는 버릇이 있는 친구는, 한 클럽의 무대 위에서 떨어져 발목 인대가 늘어나는 부상을 입은 적이 있는데, 그 와중에도 성하지 않은 발을 질질 끌고 다니며 열심히 사진을 찍고 글을 썼다. 주말이면 카페 알바로 밤을 새며 자투리 시간에 사진과 원고 들을 정리했다. 친구는 가끔 다 쓴 원고들을 가져와서 어떤지 봐달라고 했는데, 나는 그때마다 "좋다"라는 말보다 "별로"라는 말

을 더 많이 했던 것 같다. 낯부끄러워서 그랬던
거지만, 내심 무모한 열정과 용기로 청춘의 날들
을 추억하고 기록하는 친구의 모습이 누구보다
보기 좋았다.

어쩌면 누군가에겐 빈둥거리는 한 시절을 자위
하는 것으로 보일지 모르겠다. 하지만 어떤 타협
없이, 느껴지는 그대로의 오늘을 품고 열렬히 사
랑하며 탕진하는 것은 청춘이 누려야 할 가장 아
름다운 일들 중 하나일 것이다. 알 수 없는 앞길
을 더듬어 나아가는 친구의 모습엔 여전히 두서
가 없지만, 꾸준히 열심이고 진심이니 어떻게든
길을 찾을 것이라 믿는다. 그리고 그 여정은, 길
을 잃은 또 다른 누군가에게 위안과 감동으로 다
가가, 내일을 위한 작은 힘을 보태어줄 것이라 기
대한다. 한 개인의 소박한 기록들은, 그렇게 값질
수 있다. 오늘도 넘어지며 분투하는 친구의 청춘
을 응원하고 존경한다.

성북구 석관동 어느 주택가 골목, 2013

나
간다

내가 살아왔던 서울을 배경으로, 그곳의 길거리에서
흔히 마주칠 수 있는 낙서를 소재로, 그리고 그 지점에서
고군분투하는 청춘을 주제로 쓰인 이 책이 당신 마음에
들었으면 좋겠다. 앞으로 얼마나 더 잉여롭게 살아갈지는 나도
잘 모르겠지만, 책 작업을 하면서는 스스로의 인생 1막을 천천히
기록하고 정리하는 기분이었다. 이젠 다음 장면을 위해서
그만 가봐야겠다. 긴 글 읽어주어 정말로 감사하다.

나!
간다.

청춘의 낙서들
막다른 골목에서 하늘이 노래질 때
괜찮다, 힘이 되는 낙서들

ⓒ 도인호 2014

초판 인쇄   2014년 7월 14일
초판 발행   2014년 7월 21일

지은이   도인호
펴낸이   정민영
책임편집   권한라 손희경
디자인   손현주
마케팅   이숙재
제작처   영신사

펴낸곳   (주)아트북스
브랜드   **앨리스**
출판등록   2001년 5월 18일 제406-2003-057호
주소   413-120 경기도 파주시 회동길 216 2층
대표전화   031-955-8888
문의전화   031-955-7977(편집부) 031-955-3578(마케팅)
팩스   031-955-8855
전자우편   artbooks21@naver.com
트위터   @artbooks21
페이스북   www.facebook.com/artbooks.pub

ISBN 978-89-6196-174-5 03810